地灵人杰都江堰

缪英 著

南方传媒
广东人民出版社
·广州·

图书在版编目（CIP）数据

地灵人杰都江堰/缪英著. —广州：广东人民出版社，2023.9

ISBN 978-7-218-16689-6

Ⅰ.①地… Ⅱ.①缪… Ⅲ.①散文集—中国—当代 Ⅳ. ①I267

中国国家版本馆CIP数据核字（2023）第108441号

DILING RENJIE DUJIANGYAN
地灵人杰都江堰

缪英 著

出 版 人：肖风华

责任编辑：周汉飞
责任技编：吴彦斌 周星奎
装帧设计：圣轩文化

出版发行：广东人民出版社
地 址：广东省广州市越秀区大沙头四马路10号（邮政编码：510199）
电 话：（020）85716809（总编室）
传 真：（020）83289585
网 址：http://www.gdpph.com
印 刷：北京建宏印刷有限公司
开 本：710mm × 1000mm 1/16
印 张：14.5 字 数：240千
版 次：2023年9月第1版
印 次：2023年9月第1次印刷
定 价：88.00元

◎ **序一**

一幅徐徐展开的古堰人物画卷

马及时

一

也许，连幼儿园的娃娃都晓得我们有两个家：一个是天天在一张餐桌上吃饭的家，俗称“小家”；另一个家当然是我们的国家，很大，很大，俗称“大家”。

可是有一天我却突然发现，我们还有一个家。

那就是你上班时每月领工资，退休后还在那里领工资的那个单位。倘若你在社保领钱，那就是你生病住院时它会来看你，告别人世时它会管你的那个单位。

“小家”“大家”加上这个“家”，我们就有三个“家”了。

我的第三个“家”名叫都江堰报社，后来和电视台合并，改了个好听的名字：都江堰市融媒体中心。我在这第三个“家”中，度过了生命中最爱幻想、最成熟、最具有男人活力的黄金岁月。

都江堰报社是个大约有 50 人的小单位。可就这么小的一个单位，前后居然有 16 个作家——马瑛、马及时、王国平、黎民泰、刘平、王富祥、文佳君、陈业、张剑、石海、王培、程浩、岳奎、明松柏、宋刚、廖永德，都在那里上班。

这样一群文学光芒闪耀的名字，辉耀了都江堰畔一段不平常的新闻岁月。

二

可惜都江堰报社那么多作家都是男的，女作家只有王培一个，后来，终于又有了个叫缪英的女作家。

王培与缪英，是两个性格迥异的女人。

王培如大森林中一汪深不见底的泉水，宁静、清澈而深情。她是报社副刊部编辑，每天静静地坐在进门右边办公桌后的椅子上，只是埋头看稿、改稿、写稿。

年轻时的王培特别胆小，她总是半低着头，抬起水汪汪的眼睛，斜瞅着和人说话，声音细小而秀气，温柔如鸟啼。所以，我每次到副刊部找明松柏都不敢久留，因为，我生怕和年轻的王培多搭几句话，她就会像小姑娘一样哭起来……

当然，这只是我曾经的想象和猜测。

三

记者型女作家缪英就完全不同了，她属于一片别样的风景。

这个来自古意弥漫、酸香扑鼻的醋城阆中的少女，浑身却没一点儿酸味。我想，是因为历经拉萨骠悍的藏风吹拂，都江堰山水层林尽染的陶冶，才铸就了这个在新闻采访中风风火火，连走路也会扇起热风的叫缪英的奇女子吧。

缪英给人的第一印象是这个女子爽直，挺身站在你面前的女记者缪英，满眼激情洋溢、浑身如一团燃烧的焰火……

缪英到报社上班时我已退休，不熟悉，但她毕竟也是“家”里的人，突然约我喝茶也不忍心拒绝。

一个闷热的午后。一进茶庄，缪英便豪爽地往大沙发上一坐，连茶也不假装喝一口，就开始发话了：“马老师，我特别喜欢写人，借新闻采访之便，我已经写了几十篇人物，现正准备出一本书。您老的文章我非常喜欢，所以，真诚地请您老人家为我的新书写一篇序言……”

猝不及防。

充满创作活力的青春岁月里，从来没有一个女作家约我喝茶，请写序，老了，写不动了，老得整天昏昏浊浊的时候，却有人请写序了。

心，为衰老、为岁月而悲哀。

茶庄的木格雕窗外，几棵翡翠色的银杏树上，夏蝉慵懒，声断枝头。

这样一个闷热的夏日的午后，从家对面的茶庄里钻出来，往我堰山和畔家的方向走去，沿途一直想不通：我咋昏昏浊浊地，就答应缪英写序了呢？

四

人老了，白内障就寻来了。那双60年前还清澈、明亮的黑眼睛，如今却是日渐浑浊了。不喜欢看密密麻麻的很多的字，但缪英长长的书稿又不得不看。

电脑里的《地灵人杰都江堰》书稿，在我滚动的鼠标下，像一幅长长的都江堰人物画卷，电影镜头般徐徐展开……

熟悉书中的很多人，读起来渐渐有味道了。

缪英写何民："阳光男孩何民，为人诚恳，脸上时常挂着微笑，动若脱兔，声如洪钟。"太传神了，作家何民不光走路像兔子，打麻将更像兔子，这样的笔意，高。

写黎民泰："跟着师傅学泥瓦匠，发现工地上的水泥瓦片上竟然粘着报纸，他就将水泥瓦上的报纸揭下来，放在床边苦读……"一个作家成长中的艰辛，跃然笔端。

写邱岗："'邱大爷'好样的，不爱钱只爱诗！"只一句便画龙点睛。

写文君："当生活的重压呼啸而来时，她唯有沉浸在文字中才能得到释放和宽慰。"这是一个女文学人和另一个文学女人心灵碰撞的文字结晶。

写宋宇超："家中原木疙瘩、陶器、石头等摆设，可以看出主人的匠心。"宋宇超先生是我的画坛偶像，缪英的艺术敏感，展现在她不经意的简单叙述中。

五

散文集《地灵人杰都江堰》风格独特，充分展现了缪英作为记者和作家的双重优势。书中既有新闻的担当，又有文学的魅力，加上缪英作为一个母亲的深情，使得这本书分量不轻。

缪英是一位高产记者，同时也是一个快手作家。很短的时间里，她就搜集、采访、写作并完成了沉甸甸的书稿，让人感受到了一个女人的勤奋和敏捷才思。

作为新闻采写，当然是越快越好，但，作为文学创作，我还是想赠送缪英一个字：慢。

六

这本装祯精美的人物散文集容量很大，全书收录了都江堰50位来自各个阶层具有代表性的人物，有作家、书画家、医生、工匠、厨师、非遗传人等。

这些或乐观坚强，或业绩骄人，或无私奉献的各界人士，他们借缪英独特的新闻视角和文学的生花妙笔，以文字为生命，鲜活地站在一本叫做《地灵人杰都江堰》的书中——组成了都江堰河西、河东两岸色彩斑斓的人物群像。

2022年6月19日于堰山和畔

马及时，男，四川省都江堰市人。儿童文学作家。中国作家协会会员，都江堰市作家协会名誉主席。出版有散文诗集《最后一片树叶》《金蝉唱晚》；散文集《童年旧事》《美女滥市》《彩色的篱笆》；诗集《中国孩子》；童话集《会走的蘑菇》《怪人李克斯》等。曾获2014年冰心儿童图书奖、四川省第三届优秀儿童文学作品奖等。散文《王几何》曾入选人民教育出版社七年级《语文》（上册）。

◎ **序二**

其心安处是故乡

文　君

记得有一年去往川西北高原参加一个文学笔会，四川省作家协会主席阿来老师在启动仪式上说过这样一句话：“经常有人问我，哪里是我的故乡，我总是说，凡是我走过的、写过的地方，都是我的故乡。”这句话很是走心，细细品来，大凡在文字一途攀爬的人都会有这样的感触和体会。

初识缪英女士时，她刚从拉萨到都江堰不久。一个外乡女子，携幼子孤身前来这方土地，要想在这人生地不熟的城市扎下根，可谓异常艰难。好在这是一位怀揣故土走在他乡不停探索的奇女子。经过好几种行业的尝试，终于寻得一份都江堰市融媒体中心记者的工作。作为一名新闻人，她在西藏的《拉萨晚报》有过七年编辑、记者的经历，为这之后的生存和发展打下了扎实的基础。

四年前的一天，我正在电脑上爬格子，微信里突然发来一条信息，并附带了一首蕴含高原元素的诗作。因自己与藏地难以割舍的情缘，见到这首诗时，内心立马涌出一股亲近感来，仿佛突然遇见了一位失散多年的亲人。那一刻的激动和欣喜，使我瞬间变成了话唠。那种情形，就像人们常说的：酒逢知己千杯少。

或许是因为我在那首诗作上的一些见解，缪英开始叫我老师。实际上，这老师的称呼也就相当于彼此之间称呼同志，本就是一种客气的称谓，可我却深陷此份情谊，从此交往甚密。

缪英和我最大的相似之处就在于，我们都是远离自己祖籍而远走他乡的人，都有过藏地生活体验，而后择一城而居。我们不约而同选择了这座有着深厚历史底蕴，有着灿烂文化的古城，而这一定居，我们便生生将他乡变成了故土。

时间一晃过去了四年，我们见面的时间大都是在不同的活动现场，私下里却相见甚少。我的闲散与她的忙碌形成了鲜明对比，偶有电话联系，她总是风风火火地说："老师，我在采访，空了联系。"等到她真有空了，点击我微信头像发来的，却大多是除去采访稿之外的诗歌或者散文。

在这些诗歌、散文里，一位情思细腻、文笔优美的女子，卸下重重盔甲后的柔弱与轻愁的形象跃然屏前。这些文字和她写出的充满理性的新闻报道截然不同，更有一种空灵和安静，甚至带着细细的忧伤。读到这些文字，总是让人无端生出一份怜爱之心，就想抱抱她，什么也不说，给她一个长长久久的拥抱。

实际上，这是一位特别坚强的女子，她藏起偶尔的柔弱，阳光地生活在忙碌里：采访、写稿、编辑，无时无刻不在工作。她那从上小学就不用接送的儿子，不满十岁就会自己洗衣、做饭。缪英时常因为赶稿废寝忘食，孩子就和她角色互换，充当"监护人"，监督妈妈的作息与生活。如今，孩子去到外地求学，夜深人静的时候，缪英常常因为思念而辗转难眠，于是写下不少诗文寄托自己的情思。

是啊，奔走他乡的人，那份孤独，那些无助，那种思念，唯有经历过的人才能深切体会。

或许正因了独自居住在这个陌生城市的缘故，缪英特别渴望融进身边那些匆匆忙忙的人群，渴望把自己活成这块热土的一分子。于是，她利用自己作为记者的身份，开始策划、采访、报道隐于这个城市万千人群里的那些追梦人。她希望通过笔墨，将这个城市各个行业里的不屈身影，那些背负着理想默默前行的人，一一挖掘出来。

因为她知道，雁过留声，唯有影像、文字才能够为这个城市存档。她觉得这既是她的使命，也是她的职责。

当《都江堰报》开设的人物栏目为都江堰市民打开一幅幅绚丽的画卷时，那些活跃在各个行业的普通人，他们平凡而又伟大的一生，就这样通过缪英的文字鲜活在人们眼前。比如用文字为城市存档的作家，为城市涂抹画卷的书画家，为生命保驾护航的医生，为发扬光大民间艺术不懈努力的工匠、艺人、非物质文化遗产守护者等。这些来自生活各阶层的普通人，他们的喜怒哀乐、他们的悲欢离合、他们的隐忍坚强、他们的无私奉献，就这样组成了川西坝子独特而又蔚为壮观的人物群像。

这是一部既有新闻报道元素，又跨越新闻基因的非虚构文学作品集。这些来自生活泥土的烟火气息，塑造了一个个鲜活的灵魂。如果说作者没有深爱这片土地之心，又怎能写出这些洋洋洒洒的文字？如果说作者没有把这片土地当成故乡，又怎会有这片赤子之情？她笔下的这些人物形象，无不是她的父老兄弟、她的故友、她的亲人！

当缪英一次次穿行在都江堰这片历史与现代交织的土地上时，柳街的十里菜花，金马的千亩玫瑰，都江堰源头的万千涛声，精华灌区飘扬的无边稻香，无不承载着这个女子对这片土地的深爱与眷恋。她笔下写到的、脚步走过的，又何止是她一个人的故土？那些汇集在这本书里的普通人，都是她的同伴，都是她作为新都江堰人的最好见证。

因为遇见，因为热爱，站在这片包容和接纳我们的土地上，我必须大声地告诉人们：

缪英，爱你！

2022 年 6 月 10 日于古堰馨居

文君，本名韩文琴，四川若尔盖人，现居都江堰。中国作家协会会员、成都市作家协会散文专委会委员、都江堰市作家协会副主席。著有诗文集《天上的风》《藏地女人书》等六部。其作品曾获第五届“禾泽都林杯”城市、建筑与文化诗歌大赛一等奖等 20 余次奖项。

目录 CONTENTS

第一辑 作家

第二辑 书画家

第三辑 医生

第四辑 非遗传承人

第五辑 新农人

第六辑 工 匠

第七辑 追梦人

第八辑 手艺人

第九辑 大 家

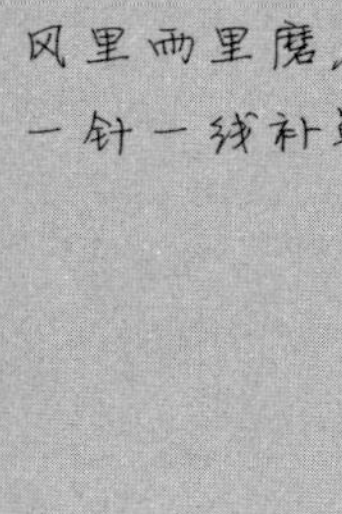

第一辑 作 家

作家看待事物比一般人更敏锐，更细腻，更具人文情怀。

作家是怎样炼成的？这几位作家会告诉你，除了不停地读书，就是勤奋书写。

在脚踏实地和仰望星空之间，作家们吸引读者的不仅仅是打动人心的文字，更有勇于面对生活的人格魅力。

何 民：用文字为这座城市存档

一部《川西手艺人》，用文字给曾经活跃在川西坝子上的手艺人雕刻了一组群像，带领读者重新体味那些离我们渐行渐远的乡土人情、民风民俗，追忆那些挥不去的岁月与乡愁。而一部《山水之间一座城》则被人称为“写给都江堰的一封情书”，这一本人文地理随笔集，为一座城市记录往事，描摹风物，打捞历史。该书由著名青年作家王国平作序，题为《山水之间一个人》。

这个人就是四川省作家协会会员、中国散文学会会员、都江堰市作家协会副主席何民。

一头白发如雪，一身正气凛然，一副古道热肠，一腔文学热情，何民以一贯的朴实、真诚、随和活跃于川内文坛，抒发都江堰这座城市的自然之美、文化之美和人性之美。

文学之梦叩响城市之音

灌县古城的几个神秘之处在哪里？观凤楼，老灌县的龙门子；贵妃故里导江县……若想在古城来一次探秘，或者了解地名的龙门阵，抑或是探寻名人轶事，按书索骥，《山水之间一座城》一定能给你想要的答案。

何民在该书后记中写道："我是都江堰人，生于斯，长于斯，我爱这片土地，我爱这座城市。"何民祖籍在我市青城山镇芒城村，经他多次踏勘故地，反复考证史乘，其先祖何柔是"青城何氏"一脉之始祖，转眼已逾千年。

何民于20世纪50年代初出生于书香世家，父母皆为教师，良好的家教、淳厚的家风让他从小博览群书，好学上进。而幼年时在中兴镇上元场（今上元社区）外婆家生活的一段时光则让他有机会了解川西乡村的生活百态，近距离感受遍布城乡的手艺人之悲喜人生。因此他这样形容："我的童年很多时候就是在川西手艺人的龙门阵中度过的。"

勤奋读书让何民有了扎实的文字功底，作为老三届知青下乡插队到石羊公社同心3队，让他再次有机会接触乡下的手艺人，也因此对他们有了更深入的了解。以至于现在偶尔梦中还会出现"梆梆"的打更声和"磨切刀啰"的叫喊声。

20世纪70年代，何民和很多同龄人一样，进入工厂当了一名工人。工作中逐渐结识了一批文学青年。那时，他所在的都机厂有钟培根、廖永德、吴先明、胡茂林，轻机厂的马贵毅、马瑛、谢心明，林机厂的汪骥、王宗俊、安南、谢家发等，还有建筑公司的马及时、白果小学的黎民泰、灌中的李永庚、电力公司的文洁等，一个个熟悉的名字背后承载的是一段意气风发的岁月。当年，这一群人怀揣着文学梦想，先是成立了"灌县业余诗歌创作研究小组"，后来又于1980年成立了中国新时期第一家有正式依附单位的民间诗社——萤诗社。不久，《萤》诗刊创办，就是这小小的萤火之光，在川内掀起一股不小的浪潮，引来尹在勤、王伟、杨然、雨田等一大批国内外诗人纷纷向刊物投稿。同时，何民自己也在《星星》《中国青年报》《四川文学》《青年作家》《中国法制文学》等报刊上陆续推出多篇佳作。

何民本来有机会进入文艺队伍进行专职创作的，但他硬是被企业留下来从事企业管理服务。可是他文学之心不泯，文学之梦犹在。2011年从工厂退休以后，他不像别人那般失落，"他反倒是像脱掉了一层厚厚的衣服，重新上路，在文学暖风的吹拂下，焕发了人生的第二春"。曾经在同一个厂上班的师弟、相识23年的王国平这样说。

用民间俗语记录乡愁之魂

2014年，何民写了第一篇川西匠人的文章，发表在《龙门阵》上，受到编辑和读者的喜爱。在编辑的鼓励下，他又写了若干篇，当年就在《龙门阵》上连发8期，此后便收成集子《川西匠人》，正式出版时更名为《川西手艺人》。

“渐行渐远的人间烟火闪烁笔端，曾经为属地平民百姓熟悉的川西匠人，正在被流逝的岁月湮没之际，是作家何民用文字抢救了他们。”市作协主席马及时给予何民《川西手艺人》这样中肯的评价。

品读《川西手艺人》，铁匠、剃头匠、石匠等，一个个曾经的手艺人朝我们缓缓走来，而“磨菜刀啰”“剃头了”等等乡村俚语读来亲切、自然，让人会心一笑，这些手艺人曾经就和我们擦肩而过，他们甚至和我们有过交集，多么熟悉的生活场景啊！

在《打更匠周驼背》中，一更时，周驼背会喊：“月起更发，收刀捡卦。”那意思就是关门了、打烊了。这和《朱子治家格言》中的“既昏便息，关锁门户，必亲自检点”有相同之理，流传千年的生活哲学依然在现实中延续。打四更时喊：“更深人静，休得喧哗。”四更是凌晨一点至三点，此时人们睡梦正酣，无论你是夜归人还是赶路人，都叫你不要影响别人休息。

《青城轿夫》是何民自己比较满意的一篇作品，但因为某些原因，未收录在《川西手艺人》中。今天，轿夫依然是青城山景区一道不可或缺的风景，他们的行业语言很有意思，“天上明晃晃、地下水凼凼”，意在提醒注意脚下水坑；“大路一条线，跑马带射箭”，形容道路宽敞，尽管往前走，这就是抬滑竿所说的报点子。在《支客师》中，我们可以窥见旧时农村吃“九斗碗”的喜庆场面。在《磨刀匠》中，如何用刀、磨刀等则很有讲究。如今，我们偶尔还能看到磨刀匠肩上扛着一根磨刀用的凳子，走街串巷地吆喝着，悠扬的“磨刀，磨切刀、剪刀”声是一支渐变的生活协奏曲。

他和毛根朋友马及时

“毛根朋友”常常代指从小耍到大、关系很密切的好朋友，在普通话里也称为发小。在都江堰作协，何民和马及时常常是“秤不离砣”，大小活动上，都能够看到他俩结伴而来的身影，一个高些，一个矮些；一个胖点，一个瘦点；一个忠厚实诚，一个幽默风趣。这样的两个人，有着50年的文字情谊，两人在文学路上相互鼓励、相互促进。

马及时就曾写过何民催他写诗而掀翻棋盘的经历，事隔几十年了，仍是二人不能忘记的趣事。何民讲述马及时曾经有写日记的习惯，因为内容精妙不断被大家传阅，后来不知怎么将日记本弄丢了。直到今天，何民还在惋惜：“很遗憾，一本都不在了。”

在何民的记忆中，马及时的日记很有文采，他能在平凡的小事中找到闪光点，其中记载了自己去“崇义大林盘相亲”“阿坝州云丰水电站打平工”“灌县躲地震”等精彩故事。何民常常打趣他说，要是崇义“大林盘”相亲成功，我们今天就有农家乐耍了。日记中记录了一些有趣的事情，如他写的隔壁一个懒汉的故事，“隔壁子有个人非常懒，为了省事，冷水就把面条下锅，接着又放胡豆瓣，结果最后面条煮成了糊糊”“听收音机自己不买，听隔壁的‘耙和’，还说自己懒得开关收音机”……都写得非常有趣。

在相互促进下，何民自己也保持了几十年来写日记的习惯，不过，他都珍藏起来，从不示人。“究竟记载了哪些秘密？”何民抿嘴笑笑，始终不语。

何民还向记者透露了一个关于马及时的小秘密，“别看马及时在熟人面前能轻松调侃，其实，他不善言辞，所以，每次开场之前，他基本上都先拿我开涮，然后再说下文。”

诚恳朴实的“阳光男孩”

何民为人诚恳，脸上时常挂着微笑，动若脱兔，声如洪钟，马及时给他取了美名——“阳光男孩”。

在作协，何民一直满怀热情地做事情，特别是对待文学新人，更是古道热肠，不遗余力地给予帮助。

成都市作协会员黄春红回忆起几年前回到都江堰的情形时不禁泪眼婆娑，她感叹：“没有何老师曾经带人来看我，伸出援助之手，我可能现在还流落街头，是都江堰作协让我找到了家的感觉。”2016年，黄春红从浙江回到都江堰，阔别故土多年，走投无路之际，市作协会员李春苹将她拉进作协群。“文学成为我困窘生活的唯一亮光，我热爱文学，也渴望得到名师指点。”当黄春红的境遇被何民老师得知后，他当即带领作协相关人员前去看望和慰问，并支持她努力写作，并四处帮她打听租房子和找工作事宜。在何民的引荐下，黄春红拜女诗人文君为师。此后，在文君的指点下，黄春红在各级报刊连续发表作品并获奖，相继加入都江堰市作协和成都市作协。《成都日报》还介绍了黄春红自强不息、坚持创作的事迹，感动了很多读者。“在我心里，作协就是我的家，作协会员和老师们都是我的亲人。”黄春红饱含深情地说。

近几年，都江堰市作协队伍不断壮大，会员已达200多人，开展活动也丰富多彩，何民无论是组织还是参与都积极热情、服务周到，深得会员们的尊敬和好评。他时时都在鼓励会员们多读书、多写作，这给年轻作者以极大的鼓励。

采访当天下午小雨淅沥，在茶香氤氲中，听何民谈文学、聊过往，“文如其人”在他身上得到了极好的诠释，敦厚、热情、朴实、有趣，书生气高扬，相信何民会一直继续保持这种风格，并期待他有更多的作品问世。

黎民泰：文学滋养生命

一个优秀的作家一定是把自己的命运和国家、民族、故土的命运紧紧联系在一起，注入自己的思考和探索；一个优秀的作家还应该时刻保持旺盛的生命力和求知欲……这些，从作家黎民泰身上可窥一斑。

黎民泰，都江堰人，中国作家协会会员，曾当过教师、报社记者，现任都江堰市作协主席。主要作品有长篇小说《锦绣》《温柔陷阱》，中篇小说《妖绿》《1945 年的湖》《无处潜伏》《川流不息》等。其中，《妖绿》获成都市第六届“金芙蓉”文学奖，《锦绣》获成都市第七届“五个一工程”奖，巴金文学院第十三届“诺迪康杯”文学奖。《川流不息》获第九届“四川文学”奖。

著名作家阿来这样点评他：“文学创作从某种意义上讲，就是将作家的‘文学故乡’从历史和生活中抠出来，以一种立体的形象和突显的高度展现在读者面前。黎民泰通过《川流不息》的创作，做到了这一点。”

艺术来源于生活并高于生活

“那时我们井福街有不少店铺，酱油铺、小食铺、茶叶庄、裁缝店，形形色色不下 20 家，可每天早晨，都是李家卖水人的吆喝声在长长的街巷和长长的寂静中第一个响起。他的声音又响又亮，就像雄鸡报晓似的唤醒了井福街上所有的人。”《无处潜伏》中，作家为我们营造了一幅旧时井福街的画面，读来生动而美好，特别是卖水人卖的泉水清冽甘甜，让人不禁想掬一捧饮。当读到孩子们模仿卖水人的喊声时，“我们就全都停住了游戏，猛吸一口气憋在胸腔里，定定地看着他的嘴巴。待他刚一张嘴喊出一声‘卖水喽——’，我们就将憋在胸腔里的气息喷吐而出，紧跟着他吼一声，他再喊，我们再吼。”这段描述，让孩子们的顽皮形象跃然纸上，也不知道唤醒了多少人的童年记忆。

其实，作者的童年充满坎坷。

1962 年出生于崇义乡下的黎民泰，10 岁时父亲就去世了。他和母亲、外婆、妹妹 4 人相依为命。1976 年，14 岁的他初中毕业，可当时初中升高中需要推荐、政审，因为父亲当过几天国民党兵，黎民泰与高中无缘。只能回家务农的他，从年初的正月初三一直干活要干到年尾的腊月二十九。艰辛的土地劳作，让年少的黎民泰心中有了隐秘的渴望：“农活太重压得我长不高，以后老婆都讨不到咋办？要摆脱这种命运！”

拼命读书成为他唯一的爱好和渴望。当时的农村想要看书却很难找，有一次黎民泰发现邻居家曾经有人教过私塾，家里竟然有《水浒传》《三国演义》《西游记》等，甚至还有《春秋列国》等藏书。这发现让他如获至宝，如饥似渴。点煤油灯又太贵，家里昏黄的电灯瓦数小，他就索性搬张凳子坐到饭桌上凑近电灯看书。后来，跟着师傅学泥瓦匠，发现工地上的水泥瓦片上竟然粘着报纸，他就将水泥瓦上的报纸揭下来，放在床边，就这样，他读到了很多有趣、有意义的文章。“我的眼睛就是在那时整近视的，现在，开车戴副眼镜，看书戴副眼镜。”虽然，曾经的夜读经历导致黎民泰眼镜近视，但也正是那段阅读时光，为他打下了坚实的文学基础。

机会总是垂青于有准备的人。1978 年恢复高考时，黎民泰与母亲定下君子协定：“只给我两个月时间，我考不上就安心当农民。”当中等师范学校的录取通知书送到地头的时候，他正在田里打谷子，“我扔掉谷子，一趟子就跑回家了，把脚洗得干干净净，换上母亲给我做的新布鞋。心想，老子从此不得当农民了，心里不知道有多得意、骄傲和自豪。我心里有了另一个愿望——当作家。”回忆到这里，黎民泰笑了，笑那个小小少年曾经的“宏愿”终于实现了。

记者生涯成就了他

作为前辈，黎民泰曾经在都江堰报社工作过4年，从事记者、编辑工作。至今，他仍感念《都江堰报》这个平台，曾经和马及时、王国平、宋刚在一起工作的经历念念难忘，诸多趣事，记忆犹新。

中师毕业后的黎民泰被分配到蒲阳某小学担任语文老师。当朝九晚五的工作满足不了他的好奇心的时候，1993年，他和当今许多年轻人一样，来了一场说走就走的旅行——去了一趟西藏。20世纪90年代的西藏还保留了最初的纯粹和原始，面对雪域高原的一块石头、一株草，他都带着深深的敬畏。“藏文化是在天空飞翔的文化”，他这样评价，所以现在他经常跑阿坝、康定，期望通过这样的一种亲近方式来探索更多民族的文化奥秘。后来他还停薪留职当过商人，丰富的生活阅历让他对人性、对社会有了更多的思考，所以，当他2000年进入都江堰报社时，正是年富力强，文学创作井喷的时候。

进入报社后，黎民泰如鱼得水，创作了大量关于都江堰历史、文化、民风民俗的作品。其中比较满意的作品有《都江堰“二五叛乱”纪实》，当时他收集整理了大量史料，以纪实的手法创作了10篇报道，为大家还原了历史真相，也探究了现象背后更深层次的社会原因。

当记者问曾经和黎民泰一起共事的同事对他是何印象时，同事脱口而出：“很好耍，幽默。”回忆起曾经在报社的经历，黎民泰用了“拼命”一词：“该写稿的时候拼命写稿，每逢五一、十一长假，就要增加版面，要加班写稿、改稿，我们绝不含糊。但是，该休闲的时候我们也拼命玩耍，喝茶、聊天、唱歌等。”当时《都江堰报》受众很广，机关干部、教师职工，就连景区的工作人员都喜爱阅读。“当时，我去景区都‘刷脸’，我说我是都江堰报社的黎民泰，立马通行无阻。”

小时候，黎民泰想成为“人民作家”，因为觉得人民二字很高尚。当真正开始创作的时候，又想当一名“专职作家”，后来，进入都江堰市统战部门工作几年的他，终于在2009年到都江堰市文联专职从事创作，用他的话说：“我不求职务，作家是我一辈子追求的梦想，文学既是我的生活，也是我的生命！”

抗战题材的救亡与救赎

用黎民泰的话说，写作就像投胎一样身不由己。有时生活就像一杯被人遗忘的化学药剂，本来尘封在岁月的某个角落，波澜不兴，寂静如初，可一旦滴入别的物质，它就火一般燃烧起来，发生变化，改变面貌，最后的结果连我们自己都感到吃惊。

黎民泰的《川流不息》就让我们大吃一惊。著名作家、茅盾文学奖获得者麦家这样评价："这里没有戏说，没有娱乐，更没有神剧。这里只有历史的真实，人性的真实，自我救赎与民族救亡的真实，真实到一种让人内心疼痛的残酷。"

长篇小说《川流不息》是一部关乎抗战的长篇小说，扉页上的题记这样写道：国难是民族所有个人的命运之难，国殇是民族所有个人的精神之殇。其具体的空间背景"李家花园"的原型是作者生长的崇义的"官家花园"，房子门前的两条沟，大门上的对联，书屋、茶园等都做了最真实的还原。小说从国家与民族内部来观察和反思 70 多年前那场灾难深重的民族救亡战争，其思考与揭示发人深省，沉重有力。当抗战取得胜利以后，他又开始对另一个问题进行思考：我们为什么能取得抗战的胜利？原来虽然我们的民族心理和民族精神中存在这样那样的问题，但我们的民族文化和民族血性中，依然潜藏着强大的自我救赎力量，比如：国家兴亡，匹夫有责；比如：兄弟阋于墙，外御其侮；比如：知耻而后勇，置之死地而后生；等等。

黎民泰的微信名叫"老犁头"，他如老农耕地一样一直在文学的沃野上笔耕不辍。目前，他正在创作中篇小说《太平花》，借太平花表达人们对美好生活、太平盛世的向往。这部作品还充分加入了影视元素，期待未来有更多的呈现方式。

创作的过程是艰辛的，充满苦痛，可创作所带来的乐趣和成就感又是无可比拟的。如今，黎民泰每天上午写作，下午看书。同时，他也在阿来工作室进行四川近现代重大历史非虚构文本创作，期待未来两三年内有较大影响力的作品问世。

黎民泰说，他相信那句带有宿命色彩的话，一个作家该写什么，不该写什么，冥冥之中，早有注定。这是作家的良心和责任。如今，著作颇丰的他依然对生活、对世界有着强烈的探索和求知欲，我们相信，未来他会带给我们更多更好的作品，会悄无声息地潜入我们的生命和思想。

邱 岗：柳风诗意解乡愁

柳街七里诗乡，继首届“中国农民丰收节”都江堰分会场之后，知名度迅速提升，其诗情画意的田园风光和浓郁醇厚的诗歌氛围，让这里成为成都新晋“网红打卡地”之一。七里诗乡今天如此受青睐，除了相关政府部门的大力打造之外，背后还有一个人功不可没，这人就是邱岗。

邱岗有多重身份，农民诗人、柳风诗社社长、柳风艺术团团长，都江堰市作家协会常务副主席等。但被人提及最多的还是柳风诗社社长，以及走在街头无论男女老幼的一声尊称：“邱大爷”。

“邱大爷”好样的 不爱钱只爱诗

联系邱岗预约采访，他推脱了好几次，一是他本身事务很忙；二是因为他近期接受的采访太多。直到我们搬出“官宣”，他才表示接受。采访当天，他拉上柳风诗社发起人之一周兴强一起“答记者问”。

在七里诗乡文化旅游中心，伴着阵阵墨香，我们走近邱岗，听他畅谈诗意人生。

邱岗是土生土长的柳街人，1955 年出生，高中学历。爱好文学和写作。20 世纪 80 年代，当改革的春风吹到柳街时，他抓住机遇，于 1983 年至 1987

年担任柳街建筑队队长，带领一部分乡亲提前走上了致富路。有文化、头脑活、办事认真的邱岗被当时的柳街乡负责人看中，力邀他出任柳街乡文化站站长。当建筑队队长时，邱岗的工资是100元一个月，是当时机关干部月收入的两倍以上。但邱岗并不计较，欣然领命。1990年6月进入文化站，从此扎根在这个工作岗位25年，直至退休。他说："走文学这条路，我非常开心、快乐，踏踏实实、坦坦荡荡。"

在邱岗的带领下，一批诗歌爱好者的创作热情被激发。随着《柳风》诗歌报的问世和传阅，柳街诗歌之风逐渐兴起，这得益于柳街"薅秧歌"的本底。"薅秧歌"发源于300多年前的柳街，风靡川西坝子和岷江流域。这种原生态诗歌，深深影响着柳街的父老乡亲。

2003年，在程光林、刘宗德、邱岗、周兴强四人的共同筹谋下，柳风农民诗社筹办成立，目前该社已有社员百余人。诗社开始至今有两条铁律：一是只吸收本乡本土的农民加盟，不招收外乡人；二是诗社编辑的诗歌墙报以及《柳风报》、出版的诗歌丛书、使用的诗歌站牌只能刊载本土农民之作，谢绝外地诗人作品。"这是为了保持我们柳街乡土诗歌的原汁原味和纯粹性。"周兴强说。

作为农民诗人，乡土生活便是创作灵感的泉源。写作诗歌不仅丰富了村民的生活，让越来越多的人树立了文化自信，也让天府文化以诗歌为载体，在不断创新的过程中得以发展和传承。一晃15年，诗社已创作诗歌3万多首，在各级各类报刊发表2000多首，成功举办了四届中国田园诗歌节。如今，柳风农民诗社成了成都最有名气的农民诗社，它不仅是四川省、成都市第一家农民诗社，也是全国最早成立的农民诗社之一。诗人流沙河为其题词："诗歌是我的故乡。"随着名头越来越响，柳风农民诗社的诗歌走出了天府地缘，也悄然融入本地山水，造就了柳街三美：乡村风景美、菜肴味道美、乡村诗词美。

乡村景美　文化搭台旅游来唱戏

采访期间，记者观察到一个细节：邱岗是个“大烟囱”，他抽烟几乎是一支接着一支。独乐不如众乐，他也不停地给其他人发烟，大家只能婉拒。原来，他的这个习惯是熬夜熬出来的。作为诗社社长的邱岗，不但要自己创作，还要为会员们修改作品。白天忙文化站的工作，晚上回去忙诗社的事情，所以在日复一日的劳累中，他养成了用香烟来提神的习惯。

那些挑灯夜战、奋笔疾书的故事中，有一段让人忍俊不禁。那就是邱岗的夫人周老师的“唠叨”。周老师是小学老师，邱岗在她这里自然也享受了“孩子般”的待遇。为了怕周老师生气，邱岗一般都是等夫人睡下了，十一二点才开始创作。万籁俱寂的夜晚带给他丰富的创作灵感，为了怕周老师半夜醒来突击检查，桌面上是一叠工作资料，下面才是诗作，常常这样工作到凌晨两三点。所以，抽烟的习惯也是熬夜熬出来的。“最多的时候五六包，现在平均每天三四包。”据说，在柳街，关于邱岗抽烟还有“一根火柴不息”的传说。在这样的熬炼下，结合当下，邱岗的作品歌颂了柳街的乡村美，其中，《千年林盘》《绿道》等作品脍炙人口。

柳街成为首届“中国农民丰收节”都江堰分会场，背后还有段小插曲：“那天上午10点左右我正开车行路，突然接到镇政府领导的电话，要求我在15分钟之内拿出一个丰收节的方案。乍听之下，我也蒙了。只好给领导申请，给我25分钟，我还要找地方停车，还要思索几分钟。”就这样，在有限的25分钟内，邱岗迅速拟定了“韵满金秋”——川西坝子首届“农民丰收节”礼赞方案。后来虽然方案略有改动，但大方向就按照他当时想的经典传唱薅秧歌、原创诗歌朗诵、丰收喜悦展示这几个环节来布置的。

全国知名的柳街吸引着越来越多的参观者和外来取经者。采访当天，来自湖南省的一个代表团也来参观交流学习。邱岗表示，柳街七里诗乡的模式，可以借鉴，但不可复制，因为这块土地浸润了三百多年的薅秧歌，经过了三十多年的诗歌发展，有深厚的文化积淀，才呈现出今天的繁花似锦，而诗歌，则是这片土地的灵魂。

随着柳街的名气越来越大，田园诗歌节、菜花节等节气活动相继开展，一场文化搭台、旅游唱戏的乡村振兴战略让老百姓的腰包鼓了起来。许多老百姓都自发宣传柳街，所以每次搞宣传活动的文艺演出，他们的积极性都特别高，没有任何报酬，可是一想到文化兴镇、旅游富民，他们就特别满足。

采访当天，天气晴好，位于河西的柳街天空湛蓝。漫步在诗歌林、诗歌集市、诗歌长廊中，读诗吟诗品诗，让人也想当一回柳街人，醉在它诗意的怀抱中。

传承有序　柳街诗歌绽芳华

在柳街，诗歌不分男女，不论长幼，最老的诗人程光林 90 岁，他拄着拐杖写诗；最小的诗人是小学生，字里行间写满纯真。

说到程光林，他最有名的诗句莫过于“锄头种粮笔种诗”。周兴强讲了一则程光林的笑话：“他经常走路都在琢磨如何写诗。十多年前的一天，他骑车去田里，边骑车边思索，一不留心就撞在路边的电杆上，额头撞了一个大包。”从这些细节里，我们可以充分感受到柳街人对诗歌的热爱。

农民女诗人段翠华的诗作自有女性的柔美，“啊，羊马河油沙土质醇香/青城湖清新纯净的甘露/赋予川西坝子农家餐桌/一道道美味佳肴”，一首《舌尖的诱惑》，让人读来馋涎欲滴。

本着爱才、惜才的目的，同时也为了壮大诗人队伍，四位发起人在不断发现、挖掘新的诗人上做了大量工作。如今新崛起的王庆辉、任洪等，就是周兴强发现并邀请其加入诗社的。乡村兽医刘光国整天到处跑，周兴强硬是做了他三年的工作，才将其邀请进诗社。如今，随着经常的晒诗、颂诗等活动的举办，大家的诗歌水平提升很快，经常被邀请至各地参加各种诗友会。

为了让柳街的诗歌文化传承有序，诗歌教育还得从娃娃抓起。2005 年，本着“以文促学、以文促教、以文怡德”的宗旨，柳街中学香樟树文学社应运而生。十多年来，柳中香樟树文学社根植于柳街这片文化底蕴深厚的土壤，开展了各种形式多样的文化活动，既丰富了师生的校园生活，又为柳街的文化繁荣做出了应有的贡献。沿江小学柳燕文学社成立于2009年，社员们创作了诗歌、散文、杂文等无数佳作，在第四届田园诗歌节诗歌朗诵晚会上，孩子们与四川知名艺术家同台朗诵，深情饱满的演绎得到了很多人的赞誉。而在柳街柳风诗社指导下成立的校园文学社团咏柳文学社，在学校老师的带领下，学生们创作作品近千首，近几年，学子们还登上了杜甫草堂大雅堂，走进柳街千人大会，参演柳街薅秧诗歌节等。2016年，柳街小学荣获成都市童谣创作基地荣誉称号。

邱岗说："诗歌在柳街深入人心，家喻户晓。它既传统也与时俱进，很多文学爱好者在这里找到了心灵的乐园。未来，诗歌不老，诗魂永在！"

文　君：以笔为杖攀登高峰

法国著名思想家、文学家罗曼·罗兰在《米开朗基罗传》里写过这样一句话："人最可贵之处在于看透生活的本质后，依然热爱生活。"这句话用来形容文君，是再恰当不过。

文君，本名韩文琴，阿坝藏族羌族自治州若尔盖县人，现居都江堰市。系中国诗歌学会会员、四川省作家协会会员，都江堰市作协副主席。著有诗集《跌落云间的羽毛》《天上的风》《麦子的城堡》，散文集《藏地女人书》《迁徙的红柳》，其最新诗集《月映青城》即将付印。其作品曾获第五届"禾泽都林杯"城市、建筑与文化诗歌大赛一等奖等20余次奖项。

采访文君，最初只知道她是位诗人，其诗作既有女性的温婉，又有男子的豪迈。记者深入了解并拜读了文君的散文之后，被深深震撼，白描文字背后是其鲜活的生活印迹。草原的辽阔赋予了文君宽广、无畏的胸襟，蹚过生命的泥泞之河，她用文字写出了浪花朵朵。

藏地女子的生命之重

在不同的场合，记者见过文君几次，她瘦削、高挑，喜着民族服装，高高盘在头顶的发髻，让人误以为她是少数民族。这猜想还真沾边，文君出生并成长于阿坝藏族羌族自治州若尔盖县，在那里度过了30多年的生命时光，那片土地于她不仅仅是故乡，更是雪山草地、云中天堂。若尔盖县距都江堰市约400公里，海拔3500米，那片藏地对文君来说，是如此实在、深厚、久远。

文君的父母因为支援边区建设，毅然选择了扎根若尔盖大草原，所以，文君的身份又有了一个特定的称谓——“藏二代”。雪域高原的雪山、草地、茂密的原始森林给小文君带来快乐而又野性的体验；那些上树掏鸟蛋、进山采药、与人打架，因此享受了“竹板炒肉”的往事至今都是值得回味和念念不忘的。

文君的父亲是一名军人，曾经是若尔盖三任县委书记的勤务员、警卫员、通讯员，亲自参加若尔盖县剿匪平叛和初期政权建设。后因公负伤落下了终身残疾，领导和组织上多次要给他在成都和州府重新安排工作、拨款补助等，他都坚决拒绝了。文君家有5个姊妹，父母还在巴西周边的藏寨里认养了5个干女儿，他们一家人就和许多普普通通在藏地生活的内地人一样，无怨无悔地奉献青春和汗水。他们一家高风亮节，其气概和克服困难的勇气如高原红柳一样，身躯挺拔，生命力顽强。

1989年1月，文君刚生下女儿3个月，当时还不满27岁的她却遭遇一场突如其来的车祸，导致生命垂危。昏迷20多天终于醒来，此后更是与病痛开始多年的抗争。车祸导致她面瘫、泪腺受损，此后，她连用眼泪来安抚自己的能力都被剥夺了。

文君最初的生命之重，源自她从母体就承接了高原的厚重、深邃，给予她的能量成为日后取之不尽的灵感源泉。后来的生命之重，却是命运强加给她的苦难和厄运。或许是受父母的耳濡目染，当蹚过生活的泥泞之后，文君认为苦难是上苍带给人们的一种历练。面对自己的病痛、爱人的英年早逝、母亲的眼盲，她咬紧牙关，硬是撑过来了。

文学烛光照亮前方

1997年，文君来到都江堰。之前她的文字散见于报端，不过只是作为闲暇的消遣。2004年，当生活的重压呼啸而来时，她唯有沉浸在文字中才能得到释放和宽慰。2007年，她正式学写诗歌，活跃于网络上的各个论坛，当她潜入文字的深海里，记忆冲破闸门倾泻而出，文字的疗愈能力越来越突显。这期间，她结交了天南海北的朋友，发表了大量的作品，在增加一份收入的同时，更让她鼓起了生活的勇气，扬起了向前的风帆。

回忆起十多年前活跃在各大网络的情形，文君仍是眉飞色舞："最活跃的时候，我在几十个论坛里面做版主、管理员等，我们会就某一个命题进行创作，好像刘三姐对歌一样，我写一段、你写一段，最多的时候有上千人参与，激发了一大批诗歌爱好者的创作热情。"生活中的文君，语言不多。可在网络论坛里，她完全释放了自我，自取网络名"疯娘""土豆娘"，她的身后跟随了一连串大土豆、小土豆、土豆花之类。如她所说，尽管他们中许多人写诗歌是出于玩耍，但不能否认他们是热爱文学的。诗歌点燃了他们对生活的激情，对生命的理解，让他们的心灵有了得以释放的空间。

这期间，文君得到了很多人的帮助，有素未谋面的良师授其以渔的恩泽，有网络文字里的知遇，也有来自阿坝高原的沛雨甘霖，所以她也认为自己应该让更多的人感受到文学的力量和温暖。

文君笑着说，去年一年她发表的文字少了，是因为她把更多的精力投入到推荐新人上去了，她希望文学能够改变这些新人的未来和追求。曾经的打工作者黄春红仅小学毕业，因为爱好文字，慕名找到文君，定要拜她为师。文君慨然收下这位学生，仅凭着左眼0.2的视力，帮黄春红逐字逐句地修改文章，辅导她进行乡土文学的创作。如今，黄春红已加入成都市作协，其作品散见于国内多家报刊，其散文《家乡的碳火》在2017年度四川省报纸副刊评比中获得三等奖。

黄春红一说起老师文君的知遇之恩，就热泪盈眶，在作协的年会上，黄春红深情地说："没有老师，就没有今天的我，老师对我有再造之恩。"

对都江堰情根深种

文君写诗，也写散文。她的诗歌自带粗犷、神秘、宗教般的色彩。同样，她的散文如同藏地般厚重，构筑成原生态的叙述方式。无论是诗歌还是散文，画面感极强，带给人强烈的震撼。

在都江堰生活 20 余年，文君对都江堰情根深种。她的《醉在南桥》一文，鲜活再现了夏夜南桥的风情和魅力。“去往南桥，最好喝上一小杯酒，不多，有三分酒意足够。斜靠在栏杆上，任清凉的河风从宝瓶口倾泻而过，穿过燥热的身躯，随桥下湍急的流水，呼啦啦远去。”这篇文章，先后被《中国旅游报》《江苏工人报》等媒体转载，很多人因着她笔下的南桥而来体验真实的南桥一梦。

2019 年底出版的诗集《月映青城》，收录了文君近年来密集创作的一系列作品。诗集内容以都江堰市为地理坐标，从人文和情感进行渗透，对都江古堰和川西平原的历史、神话、传说、山川、地理、人文进行了诗意解读。历史性、民族性、音乐性是文君诗作的一大特色。在文君的诗歌中，我们看不到复杂高深的形式，只有一首又一首饱含深情的文字，和随着富有传统文化色彩的音乐旋律不断深入的画面感，文君那掩藏其中的刻骨铭心的激情和澎湃的爱国情愫，让我们坚信世间大爱永恒、生命高远。

记者先睹为快，《月映青城》收录有《怀揣绝世武功走过灌阳十景》《蒲阳，与旗松有关》《西街掠影》《写给柳街的薅秧情歌》《茶溪谷拾零》《离堆村迁徙掠影》《都江之春》《麻溪，远去的记忆》《圆梦伏龙居》等两百余首诗歌。在此摘录其中两首以飨读者，她写柳街七里诗乡：“悬挂楼牌的诗文，正装点一座岛屿/拂面而过/垂柳烘托起/一串串薅秧的山歌，扬场的号子/把个柳风镇，传出天外/你看啊，每一条河水/翻起诗意的浪花，每一株禾苗/开出诗意的花朵，还有/田间、地头，我的父老兄弟，唱诗对歌”。她写茶溪谷：“请随我穿越，丛林、小溪、峡谷/以及星移斗转的时空/结草为庐，我的布衣沾满蜡染的泪光/青花相间的围裙上，所有的姓氏/找到归宿，那是不可说，不能说的过往/古道悠悠，茶马不老”。

著名青年学者王国平以《以诗的名义栖息》为《月映青城》作序，他回忆了和文君初识的场景：“我回去偷偷地上了一下网，找了一些文君的作品来读，当场让我大吃一惊：这个在都江堰隐藏多年的诗人居然是位高手，而且还是一位网络达人。”他认为文君写诗已经进入了一个很高级的阶段：“作为一个写诗多年的优秀诗人，文君有着非常娴熟的诗歌技艺，她对主题的驾驭，对语言的打磨，对情感的表达，对意境的呈现，已经到了一个非常高级的阶段。”同时，他也有遗憾：“文君诗歌与散文的才华，远超出我们的想象。遗憾的是，她的文本价值尚未引起当代评论家的足够重视。因此，我一直认为文君是被当代文坛严重低估的诗人。”

没有热烈的生活，哪来生动的诗歌？像都江堰这样优美的地方，注定会被许多人热爱。而在热爱都江堰的人群里，文君尤其爱得深沉，她自比是家乡的一株红柳，如今，这株红柳从高原到内地、从内地到高原，藏汉文化早已相互渗透，融入彼此的骨髓。因为诗歌，因为大爱，文君始终坚守着最初的信仰，在文学的世界里找寻真、善、美的亮光。

文君以笔为杖，攀登了文学和生命的高峰。相信她还会通过文字，给我们传递更多人性的顽强、坚韧、感恩与温暖。

林赶秋：打捞历史 路远歌长

林赶秋（本名朱建波），青年学者，成都文学院签约作家。出版有《诗经里的那些动物》《天涯孤旅——林赶秋文选》《国学七日谈》《绝代有佳人——女性小品赏读》等专著，点校有乾隆《渠县志》、嘉庆《渠县志》、嘉庆《定远县志》、咸丰《邛嶲野录》、民国《盐边厅乡土志》等旧籍。有作品入选《大学语文》《中学生阅读行动指南》。有作品获第三十二届全国城市出版社优秀图书奖。近年陆续推出《九天开出一成都》《唐诗里的成都生活》《古书中的成都》等天府文化研究成果，“专于发现古籍经典中的成都历史面貌和文化发展历程，形成了具有独立旨趣的在地性写作”（《2017 四川文学发展年度报告》）。

林赶秋是笔名，但此名已用十多年，早已和他本人对号入座。关于此名的来历，据他说，“双木林”取自父母姓氏各一半，“赶秋”是苗族在每年立秋之日举行的一个传统节日，他恰好也是在立秋之日出生的，故取名“林赶秋”，读来响亮又有韵味。

每年都江堰市作协年会，林赶秋交出的“成绩单”长达几页 A4 纸。作为一名职业作家，其自律和勤奋使他近几年著述颇丰。刚过不惑之年的林赶秋，内心始终隐藏着儿时在农场生活的美好；17 年经营书店的经历让他博览群书，厚积薄发。2018 年起，林赶秋专职从事写作，努力和文字“较劲”；2019 年底，新作《古书中的成都》是他交出的最新答卷。

还原历史打望成都变迁

《古书中的成都》一书，收录了林赶秋于2017年至2018年发表在《成都晚报》上的大部分文字。通过梳理、研读古文原典内的相关记载，对先秦至清代的成都（88处提及“都江堰”，59处提及“青城山”）在场文人、城史及天府文化作了深入浅出的重构，不生造，不戏说，有料有趣，有述有作。相对市场上已有的成都历史书籍而言，此书含有若干独家叙事和一得之见，兼具文学兴味与学术价值。

林赶秋在这里所选用的“古书”，其历史下限为明清。他以独辟蹊径的方式观察成都，让我们看到了成都的“另类”生活，如杜甫的成都岁月、陆游与青城山道士、范成大与成都等等，都有着让人好奇的一面。至于明清时代的成都记录，数量就更多了，《丁治棠纪行四种》就对晚清时的成都生活多有着墨，原来那时候的成都生活并不比今天落伍。至于像《益部谈资》《听雨楼随笔》《蜀游闻见录》《蜀海丛谈》《芙蓉话旧录》等作品中，都有对成都生活的仔细书写。

读这样的旧籍，让人感兴趣的是成都人生活的演变，同时也是耐人寻味的话题。比如说川菜在明清时依然是属于古早味，今天所看到的许多食材当时尚未引进，这也就注定了成都人的饮食消费是传统型的，加之“湖广填四川”的大移民，带动了饮食文化的发展，也逐渐使其变得多元和繁荣起来。

“林赶秋将这些历史文献与现实生活对照阅读，也就让我们看到了更为立体的成都，犹如一帧帧老照片，诉说着历史沧桑。在这些古书里留下来的影像，虽是惊鸿一瞥，却已是弥足珍贵。当我漫步在成都的君平街或琴台路，不免穿越历史时空去想象其旧时样貌，以及来往这里的人物与故事，这其中的微妙恐怕只有踏足这‘历史现场’，才能洞察一二吧。”知名书评人朱晓剑这样评价《古书中的成都》，“当我们对生活的地方不够了解时，阅读这样的‘常识’，无疑是对人文精神的补充和继承。”

17 年“阅读记”厚积薄发

从事历史文化研究，和林赶秋开了 17 年书店大有关系，他曾经大量阅读好书。他如此形容阅读，“阅读的海洋中渐渐升起明月，能记得的语句如暗流涌动，认准一个方向推动小船，扯动风帆。而忘记的那些，则是大海本身，沉静起伏——同时也是世界本身。”无形之中，他从曾经的“小”我中脱离出来，扎进了更浩瀚、更广博的“大”的历史文化背景当中。

2000 年到 2017 年底，林赶秋的书店开在江安河边。因为喜欢读书而开书店，所以这家书店自然有他的口味和品味。本土作家何民记录，“在那些堆得摇摇欲坠的书中，人文社科类的书占了很大的比重，其中既有名家名作，如鲁迅、茅盾、莫言、贾平凹的著作，也有很多虽不能列入畅销之列，但绝对是经典的书。如王国维的《人间词话》、洪应明的《菜根谭》等，还有叶灵凤的《读书随笔》、杜渐的《书海夜航》等读书人偏爱的好书。”当然，在这个小小的书摊上更有许多让淘书人意外惊喜的书籍和资料。如成都和都江堰的地方史志书籍等，有许多是尚未公开出版发行的史料，在新华书店是买不到的。对于做学问的人来讲，这些都是不可多得的资料。

林赶秋付出青春守着这个小书摊子，这个小小的书店对他来讲，无疑是其文字耕耘中的一块沃土。

2011 年，林赶秋的国学著作《国学七日谈》问世，他先后出版了《诗经里的那些动物》《天涯孤旅》《绝代有佳人》等。2017 年 4 月 13 日，《司马相如魂归何处》发表于《成都晚报》，此后，他以连载的方式在《成都晚报》开设专栏，引发众多关注。老诗人流沙河为其送书并题字勉励：“林赶秋先生，大作之见于晚报者，篇篇读了，您写得好。拙作小册托小兵先生转上。”

从曾经的读者跃升为作者、“《成都晚报》天府文化学习小组”成员，一路走来，林赶秋说他不仅要感谢付出辛劳的编辑老师，也要谢谢自己：在杂事丛脞、创作困顿之际，没有放弃；在顺遂平坦之时，没有重复自己，而能严苛自己。

美好的童年治愈一生

此次采访林赶秋，感觉他比去年作协年会时圆融了几分，皮肤白净，戴副眼镜，说话中气十足。聊到感兴趣的话题，他瞬间打开话匣子，眉宇间表情生动。

心理学大师阿德勒说："幸运的人，一生都在被童年治愈；不幸的人，一生都在治愈童年。"林赶秋就是那个幸运的人，童年给予他的美好滋养了他半生。

1978 年，林赶秋出生于灌县人民医院，等他 1992 年回到这座城市时，灌县已经更名为都江堰市。他的童年、少年是和父母一起在大凉山雷波县的一处林场里度过的。在大山深处，人际关系简单、自然纯朴美好，如今回想起来，他眉飞色舞的样子让人可见快乐少年的影子。"人家说推窗见山，我们把门打开，眼前就是树林，春天鸟语花香，夏天遮荫蔽日；水是极清澈的，能看到鱼儿在水中游；空气就不必说了，纯净清新。"当时林场只有 100 多人，有学校、商店、卫生室等基础设施，生活条件相对艰苦，可自然的馈赠、淳朴的人际关系都给林赶秋留下了深刻的美好记忆。

1992 年林场转产，林赶秋跟随父母到了都江堰。从此，上高中，读大学，开书店，娶妻生子，他再没离开过这片土地。

大学时听从父母的建议选择了旅游英语专业，可林赶秋对这门专业的课程实在提不起兴趣，大一读完之后毅然选择退学。但这一年里，他几乎把所有的时间都花在读书上，达到了废寝忘食的地步。以至于他去图书馆借还书，管理员用带有疑惑的口气问他，"你真的一天就把一本书看完了？"他形容，这是拼命看书的一年。

不读书了，林赶秋外出打工，巧合的是，他的第一个打工地点就在凉山冕宁县，离雷波县不远。他的工种有个很高大上的名称——"地球物理勘探"，实则就是打钻灌浆（水泥）。在工地上没日没夜机械式劳作了 7 个月，饿体肤，劳筋骨，林赶秋的身心得到了淬炼。虽然后来他不愿再回忆这段生活，但他一直记得守工棚的一个月里看见的漫天星斗，以及就着碘钨灯读的《穆斯林的葬礼》《西游记》这两本书。美丽的星光和文学的亮光一直支撑着他，只要有可能，他就将所思所想写在纸上，以充实的内心来唤醒疲惫的身体。

一路走来，林赶秋听从内心的指引，他的文学观、学术观、人生观可用六字概括：真诚、严谨、博雅。

记者还在疑惑，半年不见这人怎么就圆融了几分？林赶秋笑着说，去年他升级做父亲了，有了孩子，多了几分牵挂。冲奶粉、换尿布的奶爸生活让他很是忙碌，他只能充分利用碎片化时间写作，半夜灵感来了抓起笔就记在便笺上，再见缝插针敲在电脑上。

这样的林赶秋，如他的文字般，鲜活、生动、有趣。他的打捞历史文化之旅，也如歌而行。

第二辑 书画家

“字如其人”“画如其人”，笔墨酣畅之间，画家和书法家借以线条来表达和抒发胸中丘壑。

一江春水自远山而来，经都江堰化作涓涓细流，流经之处，这片丰饶的土地成为人们向往的宜居宜业之城。“有山有水有风景、有情有调是生活”，他们是城市美的传播者，更是这座城市幸福美好生活的见证者。

朵尔基：画笔歌颂都江堰

朵尔基，现为国际藏传佛教绘画研究中心研究员、中国美术家协会会员、中华民族文化促进会会员、中国山水画研究院画家、四川省美术家协会艺委会委员、中国人民解放军空军兰天书画院副院长。

从平原到高原，从水墨到重彩，从写生到创新，著名画家朵尔基作品特点鲜明，从对自然物像的描写，过渡到对内心深处那一方空灵、纯净、旷远、伟岸山水的抒写。

成长于都江堰的朵尔基，血液里有着奔腾的藏族情结，离开、回归，再离开、再回归，到如今“隐居”都江堰，他始终在践行一位画家的初心：作为一个有社会责任感的画家，应该对社会起积极导向作用。推介都江堰，用自己的画笔歌颂都江堰，让都江堰绘画拥有更高“话语权”是他的心愿。

视觉冲击　画作浓缩精神之美

听闻朵尔基老师的大名已久，有幸先“认识”他的画作。

在奎光塔公园陈列馆的一次画展上，一幅题为《拜月》的笔墨山水画令人惊艳。初看，在墨黑的天幕中，一弯新月镶嵌其间，月光照耀大地如同白昼，风起云涌的天幕之下，一人一狗虔诚拜月，画面神秘空灵。再细看，那墨黑的天幕又像是沉寂的山峦，风起云涌处恰似河流倾泻而下。整个画面的黑白两色和大片留白给人以丰富的联想和思索，内涵沉静，意蕴无尽。

见到朵尔基老师本人，是在“守望自然——第二届敬庭尧师生画展”上。作为该展览的艺术顾问，他亦有作品参展，展出作品多为重彩的《宝瓶傲然图》《古堰金秋》等作品，青山绿水色彩明丽，既辉煌精致，又斑斓空濛，既有物的本相之美，又有超越物象之美的意境悠远。

从水墨到重彩，是朵尔基不断地尝试和创新突破。“虽然国内大多画家对重彩还很陌生，但重彩的历史却可以追溯到一千三百多年前的盛唐。”据悉，重彩在中国绘画的早期阶段占有重要位置。“丹青”是古人对绘画的代称，“丹”即朱砂，“青”即石青、石绿，两者均是重彩的常用颜料。这也从一个侧面体现了重彩在我国绘画史上的分量。

当代重彩画如何走向复兴？“思想的高度决定艺术的高度。”著名文艺评论家刘曦林如此评价，“朵尔基致力于现代和古典的沟通，中西方法的交融。他以时代的审美观念，理解东方的美学思想，高度发挥创作中的主视性，他的作品并不是对景写生式的，而是抒写对自然的审美感受，‘因心造境’。他打破真实空间重组画面空间，化物理空间为艺术空间，重建了空间的新秩序；重组了空间的景象之美，并传达出了山水的魂与神。”

慎思明辨　艺术传递反思力量

“作为一名有较大影响力的画家，您如何看待自己的成功？”“我从来就没有觉得自己成功过，我时常怀疑自己，自我否定。”朵尔基说，到今天为止，他一直在寻找开启血液密码的那把钥匙。

正是这样的不断反思、明辨、回望，让朵尔基清楚前路方向，对人生每个阶段都有着清晰的规划。

1958 年出生于阿坝州的朵尔基，母亲是藏族，父亲是汉族。幼年时，因父亲工作调动，他和母亲到了都江堰，小学在北街小学就读。“那时的北街小学有很大的坝子，坝子连接着红塔山，而山下有大片的楠木树林。”朵尔基的记忆被拉回到小时候，一次无意中听到音乐老师的儿子拉小提琴，其专注的神态、悠扬的旋律，在他的内心播下了艺术的种子，“长大了我要成为这样的人!”

这之后，朵尔基一心想成为艺术家，学习音乐、练习芭蕾舞，所以直到如今，他依旧嗓音洪亮、身形挺拔，小时候练就的基本功受益一生。

因为对艺术的热爱和执着，经历了上山下乡的知青岁月后，本来有机会内招谋得一份好职位，可朵尔基赶上当时灌县轻工局招聘工艺美术设计师，抓住机会的他，突击学习几月竟然一举考上了。后来，有幸到中央工艺美术学院学习深造，由此开始了他的美术创作道路。

朵尔基对艺术的深刻认知源于 1985 年一场著名的学术讨论（又称“85 思潮”）。当年，著名美术批评家、南京艺术学院教授李小山提出的“中国画穷途末路”真可谓是震惊了整个画坛，引发了当时国画界的一场大争论。这场讨论在朵尔基的心湖中投下了一块大石头，由此引发很多思考：我这样画行吗？将来的道路该怎么走？此后，他不断地在行走途中修正自己，并发出更多的灵魂拷问。

1999 年，朵尔基在成都开办个展，香港一家拍卖行为其做了专场拍卖，业界的首肯、市场的认可，又将朵尔基用力朝前推了一大步。对自己的不断解剖，对未来的不断顿悟，让朵尔基创作出《冥》《畅冥》《神灵之山》《九寨天堂》《觉悟》《静谧》等一大批脍炙人口的好作品。特别是《冥》和《畅冥》两幅作品，皆表达了画家对自然的敬畏和对人性的反思，画中所传递出的理念“我们不能向自然索求太多，我们和自然的关系不是改变，而是依附和顺应”，格高意远。

高原探索　灵魂高地自然融合

留着络腮胡子的朵尔基说一口四川话，但是他血液里的藏族天性让他具有洒脱和不羁的个性，那些奔放的、勇敢的、自由的因子让他永远不甘于现状和平凡。20 世纪 80 年代末，他深入西藏高原，将多年的中原文化积淀与高原文化进行碰撞，创作出了独树一帜的鲜明作品，不拘于形，重在追求意境。

每年的四五月，高原的春天悄然而至，也是朵尔基进藏的时节。一呆就是几个月的他，多年来如候鸟般迁徙。

在位于都江堰市翔凤路的金沙鸟巢“朵尔基美术馆”里陈列着他的不少佳作，意态悠远的高原天空，刀劈斧凿的山脉肌理，凝固的人像，守望的群体，巍峨的雪山……高原的历史感、厚重感、苍茫感跃然纸上。高原的大美、雪域的沧桑、宗教的庄严，在他画笔下呼之欲出。题材是高原的，内容是相融的，精神放逐于高原之上。看他的作品，可以真实感受到高原的风、高原的神秘、高原的呼唤。

“画家应该有独立精神、人格和思想，艺术创作与科学发明创造一样，需要发现，在现实生活中，通过感悟客观自然，发现别人没有发现的美，找到自己表现这种美的方式方法。”朵尔基多年的学养、人生境界、社会阅历、性格气质让他形成了独特的画风，这不是一朝一夕能够形成的，需要长期的不断修炼、积累，反复锤炼技术，日积月累、厚积薄发，方能成功。

扎根古堰　让都江堰绘画拥有更高“话语权”

这些年的朵尔基一直保持“隐士”生活，坚守孤寂、默默耕耘。如他所说，“自己作为一名画家，也作为都江堰的一位公众人物，对社会、对艺术圈子都应该起着积极的、正确的导向作用。”所以，他远离名利和虚浮，追求绘画的心灵自由。

机缘巧合，几年前，朵尔基与成都市金沙鸟巢酒店管理有限责任公司董事长孟军相识，孟军对艺术有着较高的鉴赏力，两人聊得甚是投机。感动于孟军的诚意，在孟军的支持下，朵尔基关掉了成都的工作室，将绘画大本营搬回了都江堰。如今，朵尔基美术馆占地800多平方米，这里时常举行讲座、学术论坛和小型展览等。“我想把这里打造为都江堰美术文化交流场所，给更多画家提供交流平台，期待有更多思想碰撞和文化传播。”朵尔基如是说。

创作不是一蹴而就的事。于少年时，受到张大千关门弟子胡梦痕、山水画家刘仁文（两位皆为都江堰画坛知名前辈，已作古）创作的影响，多年来朵尔基精进不休，一朝顿悟，终将重彩给予更丰富的表现和张力。在他看来，创作要讲究天分和创新，不重复自己是他一直以来的追求。所以，当创作激情迸发的时候，他则不眠不休，所作画作皆为大尺寸，色泽明亮，影射了创作者本身的格局和胸襟。

朵尔基说都江堰是他的根。从少不更事到现在小有所成，都江堰山山水水的灵气浸润到他的骨子里，所以他创作出《仙山鹤翔图》《天秋傲醉》《玉垒仙都》等一系列反映都江堰、青城山的佳作。“今后的创作方向将会是西藏高原和都江堰山水题材。画都江堰和高原并不矛盾，重在作品的现代性。现代性并不在于作品的形式、样式、材料、技法、形象、主题等，重要的是作品背后所流露出来的艺术家的文化心态及对环境的生存体验、生命体验。只有这样，中国山水画才能始终如一地坚持人的内在精神自由，去重建人与自然的诗化关系，重建人类社会的精神家园。”

“对待艺术严肃踏实，犹如他做人，朴率自然，不急功近利去追求某些时尚，而是坚定不移默默在自己营造的天地间勤奋耕耘，有理由相信他会走向更高的艺术境界，因为从他的作品中已透见了这一端倪。”至此，用朵尔基写给某位画家的评语作为文章结束语，这何尝不是朵尔基为人的态度与对艺术的追求！

廖　鹏：墨彩飞扬写人生

家学渊源，天资聪颖，稍加努力就能成为新一代山水画的领军人物，可他偏偏另辟蹊径，改作大写意花鸟画；花鸟画中，他用色极为大胆、活泼、明快，这是他丰富多彩的内心世界的表现，头发花白心里却住着一位昂扬的少年；看似豪放的外表下，心思敏感细腻，一旦灵感上来，常常作画到次日凌晨三四点……

都江堰市美术家协会主席廖鹏，尽酣处墨彩飞扬倾心吐意，用情时畅快淋漓快意人生。

另辟蹊径　钟情于大写意花鸟

廖鹏是都江堰人，1964 年生。说起他，不能不提他的父亲廖平。廖平是诗、书、画、印四美俱善的老艺人。廖鹏从小就在父亲的严格要求下学习绘画，他天资聪颖，活泼好动，招人喜欢。廖鹏回忆："父亲的严格和一般父亲对孩子的严格不同，其余小事任我调皮，而绘画上的要求绝不放松。小时候因为画画没少挨父亲的揍，撕掉重新再画是常事。"不过，许是耳濡目染，小小年纪的廖鹏就表现出超乎寻常的天资，"大约六七岁的时候，我悄悄临摹了父亲的一幅山水画，后来家里来了客人，父亲拿出来给客人们欣赏，大家纷纷表示不相信那是一位小儿之作。”

如果像父亲一样走山水画创作道路，廖鹏一定会有颇多建树。他父亲的好朋友、他的忘年交、中国美术家协会会员杨守年（笔名阿年）曾这样说，“在我的印象中，他稍加努力就能成为新一代山水画的领军人物。”

许是兴趣使然，也或许怕被父亲的盛名所累，20多岁的廖鹏突然转向，喜欢上了大写意花鸟画。廖鹏弃山水选择花鸟，父亲也找他谈过，因为山水画表现方式更直观，也容易出彩。可是廖鹏毅然走上了另一条路，以“八大山人”朱耷作品为师，一发不可收拾，三十年来孜孜不辍，在大写意花鸟画上已然有成。

原成都画院书记、副院长、国家一级美术师刘德扬这样评价廖鹏画作：“所谓大写意，并不在乎画面尺幅的大小，关键是抒发胸中块垒，‘大’出气象、‘大’出神韵、‘大’出意趣。廖鹏兄的画，就有这种气象、神韵和意趣。”

阿年则给予这样的赞赏：“他的作品看似随意，实则由心，没有矫揉造作，几乎都是一气呵成，画中花鸟注重神韵，开篇布局似散文，巧用点、线、面，妙用墨色的浓淡，淋漓尽致地展现了墨分五色，又将西方绘画的视觉效果与中国传统艺术表达方式结合在一起，作品既有观赏性，又韵味十足，可反复玩味。”

神韵意趣　画作中见“大”气象

廖鹏的画作到底有着怎样的意趣呢？

采访当天，地点约在廖鹏家中。一进他家门，首先就被墙上的画作吸引，一幅幅色彩明快的画作让整个居室显得格外雅致。《醉秋》是一幅荷塘美景图，画家用蓝色线条表现出荷花的中通外直、不蔓不枝，两只红色的鸟儿在荷塘间啾唧私语。《春酣》中，在枝枝蔓蔓的绿叶间，开着一朵朵黄色的小野花，春天的清新气息扑面而来。《鸟润夏叶千万枝》采用了绿色的主色调，黄色的小花点缀其间，黑色的小鸭蜷缩在树枝下，整幅画作生动盎然。

廖鹏展示了他的几幅得意之作。一幅《夜深花自寒》画面极其简洁，一只鸭、一枝花而已，就将深夜花香送入鼻端；安详熟睡的鸭子憨态可掬，构成一幅幸福安宁的世界。《和谐图》曾入选省首届花鸟画展，画面色彩只有三种，蓝色的荷、红色的水禽（包括红色的印章）、黑色的款识。画面非常干净简洁，可谓明快。在色彩的浓淡处理上，画家通过色彩的明度变化，把冷调的蓝色用深深浅浅、朦朦胧胧的干湿浓淡变化予以铺排、冲撞和交接处理，充分表现出荷的高雅、矜持和自性净洁。两只红色水禽在一大片冷色之中，却又是热烈如火、激情四溢。他借用了古人“万绿丛中一点红”的意趣，既有视觉效果又有意会的况味。再比如《丽春图》，也只有蓝、黑、灰三色。丰富画面的手段仍然是色彩明度的变化，以及左下角那只举重若轻、回眸探视的水禽。画面浑然一体，静中有动、虚实呼应。廖鹏说他的花鸟画在学习“八大山人”朱耷的基础上，又借鉴了石涛山水画中的用点之法。“他的画作中，可以看出有大大小小、浓淡不一、随意为之的色点、墨点来丰富画面，这样既增添了画面的通透感，又有气象的流动，因此生发出许多别样的意趣。”刘德扬如是评价。

人们常说，大写意画既是高度自我的艺术，又是高度忘我的艺术，看似矛盾，实则统一。廖鹏介绍，他的作品题材丰富多样，这是一个人的人生阅历、审美情趣所决定的，“灵感来了，兴之所至，常常作画到次日凌晨三四点。把我对大自然的感恩、生活中的惊喜发现都通过作品展现，借以完成对生活和理想的理解与醒悟。”

有天赋、有创意，再加上勤奋，创作几十年以来，廖鹏成果颇丰，出版有《廖鹏艺术作品选》《廖鹏画集》《廖鹏花鸟画集》等。作画之余，廖鹏尤爱读书，手不释卷，走到哪儿，书籍就带到哪儿，武侠和通俗小说、诗词、名人传记……开卷不拘，皆得其乐。他家茶室里，一幅莲蓬图旁边放着一把捆好的莲蓬，既有生活的气息，又有艺术的高雅，二者相得益彰。

以文化人　做城市文化旅游传播者

听廖鹏言谈，可以看出他是位性情中人，他用心交朋友，所以很多人和他交往一两次就成为了好朋友，许多画家不论老少都能和他称兄道弟。这般

“顽皮”，一是本性使然，二是父母亲身子骨都还硬朗，让年过五十的廖鹏还享受着做儿子的幸福，所以他身上始终保持着一种可爱的孩子气。

如今，廖鹏担任都江堰市美术家协会主席一职，目前协会注册会员130多人，每年组织艺术家采风四五次，举办画展两次，他们甚至将画展办到了国外。“送出去＋请进来”的方式，让很多国际友人对都江堰这座城市的历史文化和山水自然赞不绝口。

2010年9月，廖鹏带领都江堰本土三位画家去迪拜办画展，带去的60多幅作品较为全面地展现了都江堰厚重的历史文化和清新的山水自然，受到一致好评。2012年4月，迪拜也派出一支美术家团队到都江堰市办作品展，这样的互动和交流，让迪拜艺术家对都江堰的山山水水赞不绝口。“在迪拜，人们看家庭是否富裕，主要是看他家拥有多少棵树。在迪拜，水比油贵，而树则需要水来浇灌。看到都江堰日夜奔腾的岷江水，他们觉得都江堰人民的生活非常幸福。”2012年，廖鹏被迪拜文化部授予“文化使者”荣誉称号，他表示，他有责任和义务发挥自己所长，继续保护传承古堰文化，为都江堰建设国际生态旅游名城贡献力量。

在灌口街道太平社区，周末是孩子们最开心的时光，因为他们可以到社区的都江堰市美术家协会太平服务站跟着名师学习画画。这家服务站是在廖鹏的倡导支持下于2017年建起来的。说到建这个服务站的初衷，廖鹏这样说：“太平社区有一些留守儿童，办这个服务站就可以免费教孩子们学习书画。另外，居民也需要文化的熏陶，可以让他们观摩书画家写字、作画。”

在市检察院大楼里，悬挂着几十幅美术作品，这是廖鹏为市检察院的文化建设专门组织画家集体创作的。“只要能起到传播文化的作用和用于社会公益事业，我都乐意奉献。”廖鹏笑着说。

大写意画，首先考虑的是对大自然的诸多事物美好的想象，是画家自己纯感情、纯精神的享受。几十年的不懈追求，形成了廖鹏的大格局、大情怀，未来，他的中国花鸟画大写意艺术，在他的激情、敏智、多思、坚韧等综合素质的滋养下，必然会走得更好、更远……

采访过程中，廖鹏透露，以后，他也会攻山水画，因为山水画的表现方式更直观，更有利于展现都江堰的山山水水，也能更好地向外界传达都江堰的独特魅力……

宋宇超：耄耋画心意童趣

细雨迷离，岁末天寒的冬日，我们来到灵岩山脚下的某小区寻访宋宇超老师。如果不是自我介绍，我们完全想不到眼前这位身着冲锋衣、身材高大、面容清癯的老者已81岁高龄。交谈中，宋老思维敏捷，诸多过往在其记忆中鲜活如新，他最感恩的是曾经在灌县文化馆所经历的人和事。近几年，宋老更是笔墨不辍，创作出多幅古堰山水、人物风情作品……

一篇文章述不尽宋老跌宕起伏的一生，少许笔墨描不尽他画中的意趣乾坤。如今，宋老作画之余也临摹书法，其行楷疏朗俊逸。纵观宋老经历，八十高龄仍老骥伏枥葆有童心，不断探索用油画表现国画的意境，在坚守传统的同时又放飞了自由灵魂。

少时传奇经历　艺术氛围成就了他

宋宇超祖籍石羊镇，少时酷爱绘画，奈何因父母早亡，孤苦无依，初中毕业就被迫辍学。不过，这并没有阻碍他追求艺术的决心，一有机会就去当时的灌县文化馆拜访。就是这一去，开启了他充满传奇色彩的一生。

幼时，宋老家境较好，后来家道中落，加之父母相继离世，在灌县中学上学的他靠着隔房姑姑接济才上完初中。初中毕业以后无家可归，孤苦伶仃的他就天天泡在文化馆。当时文化馆干部职工都比较喜欢这个机灵又有才华的小伙子。“当时煮饭都是大家轮着来，他们也把我排起了。”就这样，从“蹭文化”的编外人员到逐渐被大家认可、接纳，并给予其美术指导。现在想来，宋老都觉得这是一件不可思议的事。在此期间，他结识了在文化馆工作的陈大和，两人几十年来一直保持亦师亦友的亲密关系。陈大和是南京人，20 世纪 50 年代担任解放军报社美术编辑，退伍后自选工作留在都江堰，后来调到四川省美协担任副秘书长。当年，在宋宇超往返于文化馆期间，陈大和给予他很多帮助和专业指导。自知自身处境，所以年少的宋宇超在文化馆内时常做些力所能及的事，当时馆内常常到公园举行演出活动，他也积极参加布展等工作。就这样，宋宇超在文化馆一边做事一边学习绘画，技艺不断提升，得到不少专业人士的勉励。

宋老回忆：“当时灌县处处都是景观，无论是街道还是林荫小路，入画都是一幅优美景致。这样的灌县，也吸引了当时国内一大批书画名家前来写生。”长年的观看加上自己的摸索，他良好的绘画天赋迅速被催化，很快领悟了许多绘画要旨，比如构图、色彩、用笔等等，更可贵的是还培养了他良好的艺术鉴赏力。

为传承而坚守　不断创新探索

和宋老交谈，他整个人的精气神非常饱满，眼神里的光芒和话语间的激情，令人感觉他的心灵仍未老去，仿佛正值青春期。

在宋老家的客厅里，左右两面都悬挂有他自己的书法作品。家中原木疙瘩、陶器、石头等摆设，可以看出主人的匠心独运。原来，宋老从 1984 年起任职于成都市美术装饰工程公司，成都市对外广告公司总工程师、总监一职至退休。当时该公司两套班子、一套人马，汇聚了当时省内美术界老中青三代名人，承担政府大型美术展览等相关工作。1985 年，为庆祝西藏自治区成立 20 周年，由宋老主笔创作的大型壁画《吉祥图》被成都市政府作为贺礼赠送给拉萨市政府。1990 年，我国举办亚运会前，北京四川馆设计工作由宋老全权负责。在宋老几十年的创作生涯里，他的美术才能和独特的审美视觉受到了业内认可。

在宋老家二楼的绘画室，一进门就闻到了油画颜料的味道，墙上悬挂的、靠墙摆放的都是画，有山水田园的再现，也有人物故事的创作。画架上还未完成的作品，是宋老前段时间去广东珠海游玩时创作的油画，夕阳余晖下，回港的小船静静停泊在港湾，一幅《渔舟唱晚》跃然眼前。看着宋老满屋子的作品，质量之高、产量之丰，敬佩之情油然而生。“人生的意义在于拼搏，生命不息，奋斗不止。”“现在年龄大了，绘画时还是要借用一点先进的工具，用相机拍些照片回来，但是拍回来的照片只是把它作为一种创作的资料，绝不能受照片的影响。”在绘画探索道路上，宋老从未停止过脚步。画室墙上醒目位置挂着一幅他的得意之作——《离堆印象》，整幅画面以单一的褐色为调，丢开细节，直接大笔挥洒画出“印象”，远处雪山若隐若现，简单的褐白两色，有油画的质感又有水墨画的韵味。“学无止境，这是我探索用油画的方式展现中国画的意境，曾经参加省内多个展览，受到很多人的关注，也有人表示愿意出高价收藏，但我没有出售，这幅画对我的意义不一样，它将会一直激励我探索下去。”宋老如此说，亦如此行。

不知老之将至　活出诗情画意

如果你现在的年龄是 81 岁，你准备做什么？

大多数人一定认为自己已经是一位老人，想的是如何颐养天年。在我们大部分人的认知里，人上五十就知天命，梦飘过五十岁的天空，就散了。梦醒时分，多是惆怅。但画家宋宇超，却撸起袖子，每天早晨临摹字帖，中午散散步，下午作画，生活丰富充实。他 81 岁，八十一载岁月就像一首诗，蕴含丰富哲理。他的 81 岁，仿佛才迈入青春，一切正好！

不知老之将至，才是最理想的人生境界，这才是人生的诗情画意。

宋老对待艺术非常严谨，每次作画之前，他都会在纸上先画一遍，这种手掌大小的作品被宋老称为“打底小稿”，小稿整个构图和上色达到了自己想要的满意效果，才会创作于画布上。采访中，宋老展示了他的部分小稿，有的是描绘南桥风景，有的是再现老西街生活场景，杨柳河边曾经的老吊脚楼，华光寺的草药摊摊等，宋老为我们再现了一幅幅鲜活的生活场景。透过厚厚一摞小稿，展现了宋老对这个城市的记忆和深情，仿佛看见宋老在这方寸之间作画时的场景，几笔勾勒似云锦，点墨绘出心中情。

另一幅青山绿水的作品，主色调是葱郁的绿色，远处几座山峦和房屋依稀可见，近处的绿水似在缓缓流淌，发出哗哗的声响。宋老幽默地说："把手放在画中绿水上，感觉手都会被浸湿。"都江堰市著名画家张学忠和宋老是60年的朋友，彼此见证了对方的成长。张学忠这样评价宋老的作品："他对色彩的感知和把握是一流的，作画常常兴之所至，恣意潇洒。"

梦想，必须要有，万一实现了呢？宋老的梦想是：想画一组都江堰的水文化系列，水是都江堰这座城市最重要的组成部分，它所衍生的文化浸润着这座城市的灵魂，水磨、水碾等都是符号印记；还想创作一组"竹风雅韵"，"宁可食无肉、不可居无竹"，川西地区人家的房前屋后都种植有大片竹林，与竹为伴，烘托出人们返璞归真的生活情趣和超凡脱俗的审美理想；再就是画画岷江沿途的风景，标题宋老已经想好了，就叫《家园》……

宋老现如今的状态就像是曹操在《步出夏门行》中写到的："老骥伏枥，志在千里。烈士暮年，壮心不已。""我一生所要寻找的，就是我真实的内心的东西，为灵魂放歌，这才是好的。我现在开始起步了。"相信宋老必能成为令自己满意的灵魂"歌者"。

范　云：烟火里寻梦

初识范云，是在奎光塔公园陈列馆的一次画展上。这位陕西汉子求知若渴的学习态度让人不由得心生好感；再次见面，是在安顺社区的勤学堂暑假班，范云义务指导社区孩子学习国画，作为指导老师的他认真尽责，令人肃然起敬。后来，无意中得知范云是持证上岗的国家一级厨师，他做的陕西老面馒头很是地道，不禁让人大吃一惊。

追求无止境，范云希望在艺术的道路上更上一层楼，他的梦想是当他老了的时候，能做到“人画俱老”。

他把爱好变为“正业”

走进范云家中，大客厅被他改造为画室，正中间摆放着宽大的案几，墙壁上挂满了画作，靠窗的桌上，一盆迎春花开得正艳，挂在窗棂上的吊兰随风摇曳，而进门处的篓子里则插着几支白色的芦苇，鸟儿在笼子里欢跳，整个画室声光流动，充满了活泼浓郁的艺术气息。

墙上的画作中，一串串葡萄真是令人馋涎欲滴。看，那一串串彩葡萄，晶莹圆润、玲珑剔透，有着被露珠浸润的清新，又有晨光照耀的通透，一幅画中的上百颗葡萄，既有色泽的丰富饱满，又有生长周期不同的层次变化。

水墨葡萄墨分五彩，叶子饱满厚重，葡萄用色极淡，似有若无，整个画面既有水墨画的韵味，又充满生活的灵动。

1970 年出生于陕西宝鸡农村的范云，最早的绘画启蒙来自于当时农村的油漆画，“当时农村家具上会用油漆画出山水、花鸟等形象，看着很是喜欢。后来迷上了小人书中的人物，开始用铅笔素描。”靠着不断自学，上初中的范云初步展露了他的绘画天赋，图画课上，美术老师通常叫范云把教材上的图画用粉笔画在黑板上让同学们临摹。得到欣赏的他，自习课时间全被用来画画了，招致班主任老师的批评，说他这个娃不务正业。几十年下来，范云把当初的爱好坚持下来并当作事业奋斗，由此也让画画变为了他的“正业”。

一路走来，范云得遇不少良师益友，收获良多。2005 年，范云一家移居都江堰市。2009 年，机缘巧合，他拜都江堰国画名家刘国民为师，10 年来，在师傅的指点下，他主攻画葡萄，用他的话说：“在都江堰大小展览中，大家一看到画葡萄的画作，不用看题款，就知道是我画的。”自己的绘画形成独特的风格，并被业界所认可，这实在可喜可贺，背后凝聚了画家数十年的坚守和辛苦付出。

音乐、书法、绘画等任何一种高雅艺术，背后都需要时间、精力的大量投入和强有力的经济支撑。范云的经济支撑，来自于他的另一个身份——厨师。

双重身份的自如转换

第一次听说范云还是个厨师时，真的是大吃一惊。厨师和画家，这两个身份怎么切换？

范云的“老八米线”是家加盟店，位于安顺社区党群服务中心旁。每天早晨 5 点，他就要起床蒸馒头、包子，其老面馒头不添加任何添加剂，味道纯正，经常被顾客作为礼物寄往北京、上海、香港等地。用最地道的食材，保留最本真的味道，是范云作为厨师的信条。这两年饭店生意走上正轨后，范云和老婆有了一个“君子协定”——每天上午 10 点半准时收工。

收工后，他的身份也从厨师转变为画家。

如何实行两者之间的角色转换？范云介绍，其实很难，每天上午从饭店下班回到画室后，他会先泡一壶茶，写写字，静一静。静下来后，再构思当天该画什么内容。其实，他在捏包子褶皱时，脑海里常常浮现出的是某时某地见到某一幅画作的惊艳；在揉面时，他在思索水墨葡萄的色泽浓淡。所以，工作时的健忘和作画时的强记形成了鲜明的对比，这也常常招致老婆的嗔怪：“你常常身在店里，心在画里。”

范云的饭店和普通饭店不一样的是，店内地板整洁明亮，墙壁上挂满了他自己的画作，这样的文化氛围也让常常来此吃饭的食客打趣：“没想到你这个厨师还会作画！”范云常常会加以更正：“应该是这个画家还是个厨师。”画家在范云眼里是个神圣的职业，作画既是理想又是精神寄托，而厨师只是谋生的手段，是养家糊口的保障。

这些年，随着范云知名度的提升，他经常受邀到奎光小学、玉堂中学、天马学校等进行书画讲座。虽然暂住在安顺社区，十多年来，范云已把自己当作社区的一分子，去年社区亲民化改造，范云花几天时间为社区作了墙画；暑期社区勤学堂的艺术课上，范云也抽出宝贵时间免费为留守孩子进行艺术指导。每年他去社区、企事业单位参加社会活动几十次。传播艺术，让文化浸润更多心灵，是范云一直以来的不懈追求。

如今刚过知天命的范云，在都江堰市美术圈里，占据一席之地，老一辈画家亲切地称他“小范”。作为都江堰市美术界的“年轻人”，新的一年，他有新的梦想，希望自己的画艺更加精进、更上一层楼，希望能加入四川省美术家协会，希望自己的作品能得到更多人的认可。“等到我老了的时候，最好能做到‘人画俱老’，人老了，画作也更加老道，如同炉火炼钢，经过千锤百炼方成气候。”范云的这句话，让记者想起了他饭店挂的一副对联：“梅兰竹菊君子气，琴棋书画文人怀。”祝愿范云始终保持气节和情怀，走得更高更远。

瞿　飞：赋予生活艺术之美

瞿飞，当代四川中青年人物画代表画家之一，别号寒道人，墨韵居主人。中国美术家协会会员、四川省书法家协会会员、四川省文联丹枫画院画家。以写意人物见长，作品多次参加海内外美展并获奖。出版有《瞿飞书画集》《瞿飞山水画集》等。

瞿飞是一个温和而低调的人。他这人有几大特色：一是喜欢学习、钻研。最初从事工艺美术设计的他，后来学习山水画，近些年又改画人物画，一直在不断地挖掘自己的潜能。二是勤奋低调，只埋头创作，不喜欢抛头露面。三是豁达坚韧，几年前曾遭遇一场车祸，但他从容面对苦难，靠着超凡的毅力，坚持自我复健，终于获得新生。

生命感扑面而来

认识瞿飞，是先认识他的画作。

2019 年国庆期间，在奎光塔公园陈列馆的一次书画展上，瞿飞的一幅人物写意作品《月夜》就那么猝不及防地直击人心。作品背景简简单单，灰白的天幕上挂着一轮淡淡的圆月，一位藏族妇人背上背着一个小男孩，另一个稍大点的男孩牵着她的衣角羞怯地靠在她胸前，飞扬的头巾遮住了妇人的脸。

寥寥线条勾勒出妇人、孩子的神韵，淡淡笔墨传递出高原生活的清苦。或许是我在西藏生活多年的缘故，只觉得画面熟悉亲切，生命感扑面而来，内心澎湃激荡！由此产生了想要结识这位画家的想法。

时隔半年，终于见到了瞿飞本人。

一副镜片略厚的近视眼镜，白净的脸庞，中等个头的瞿飞温和、儒雅，颇具文人气质。在瞿飞家楼顶工作室，品一杯淡香清茶，看瞿飞摊开画册，聊他的创作心得。

《月夜》这幅作品，瞿飞说来源于生活并高于生活。

几年前，瞿飞去九寨沟采风，沿途走走停停，去了半个月。有一天，他坐在大巴车上，正昏昏欲睡之间，瞥见车窗外有一位藏族妇人在前方行走。背上背着的小孩眼睛晶晶亮亮，他瞬间睡意全无，用相机拍下了这一幕。当时，他心中就有一个想法，以此为蓝本，创作一幅人物肖像画。后来，经过反复揣摩和构思，一幅《月夜》跃然纸上，意境幽远，情感真挚。

人物肖像，重在线条和神韵。在写意人物画中，造型和笔墨是最重要的两个部分，缺一不可。瞿飞表示，学习者必须下功夫研究人体的结构，进而表现人物的气质、神韵，达以形神兼备。笔墨功夫则需要有一个不断积累的过程，也可从写意花鸟和山水中汲取一些有用的技法，最终形成自己的笔墨程式和表现风格。

瞿飞的写意人物画作品分为历史型与现代型两大类，其中，历史人物类多以古代先哲、名士或历史故事，乃至神话传说中的人物为表现对象。如《黄宾虹大师》《陈毅元帅》《白石老人》等作品，用墨浓淡皆宜、线条简洁流畅、细微之处传神，生动再现了人物的性格气质、身份特征。

学习路锲而不舍

瞿飞是都江堰本地人，老家位于青城后山。上学时喜欢绘画，学校办板报，他常常负责画刊头。高中毕业后在当时家乡泰安公社教初中。后来得到机会，瞿飞先后进入上海工艺美术学校、天津艺术学院学习。学成后，瞿飞在当时的灌县二轻系统从事玉雕设计。设计是玉雕作品最为重要的组成部分，好的设计理念至关重要，也是整件作品的灵魂所在。而好的设计要求玉雕设计师具备扎实的绘画功底，有丰富的创作经验以及更高的时间成本。瞿飞说，“一件璞玉在手，如何赋予它灵性，让其熠熠生辉，需要花费很长的时间去巧妙构思，化腐朽为神奇，有时候一个月才会有好的灵感。”靠着不断地琢磨和钻研，瞿飞设计出许多精美的玉雕作品，立体、富有生命力的创作思维为他后来学习绘画打下了基础。

2005 年至 2008 年，瞿飞师从山西山水画教授陈应辉学习山水画。山水画是表现中国人精神空间的一种方式，是反映画家文化意识和精神风范的一种手段，体现了人与自然、人与世界的审美关系。它不仅仅表现山川丘壑的自然之美、宇宙万物的生命之美，更是表现艺术家在领略、体验、感受自然和生命过程中的灵性和心境。

瞿飞生长在幽幽青城，饱饮岷江水，清幽秀美的川西山水给了他很多艺术的熏陶与智慧的启迪，在与自然亲近的过程中，他创作了《都江之春》《青城晓雾》《宝瓶之春》及《虹口墨韵》系列等山水画作品。他描绘自己熟悉的山川、村落、灵山、秀水，勤奋地探索传统笔墨语言与写实造型的有机结合，其作品呈现着浓烈的人文情致与现实主义的特色，具有婉约华滋的静谧之美，深受中外藏家的喜爱。

“技可进乎道，艺可通乎神”，几乎每一位艺术家都在不停地探索和叩问。2009 年，瞿飞师承四川著名画家袁笙中。袁笙中作为中国人物画名家，其画重意境，以写意山水人物见长，其作品形神兼备，笔墨清新恣意，具有浑朴清丽、挥洒自如的艺术风格。多年来，瞿飞深受老师艺术启迪，学习其艺术精髓，其创作的画中人物凝重端庄、高贵典雅，设色艳而不俗，比较注重神韵。无论是藏族妇人，还是羌族女孩，抑或是普通劳动者，既有细腻婉约，又有厚重率真，均体现了他们的勤劳、质朴、勇敢和善良，给人神采奕奕、充满朝气之感。

艺无涯重塑生活

眼界的拓宽与技巧的日臻成熟使得瞿飞的中国画创作翻开了新的一页。人生的路有无数条，但条条通往高峰之路都充满坎坷和荆棘。三年前，因为一场车祸，瞿飞的人生有了较大的转折。

瞿飞的工作室旁是该栋楼的顶层，宽大的露台上视野极好，阳光明媚的下午，离堆公园的玉垒阁就在前方，似和人遥遥相望。瞿飞并不愿意过多地谈起过往，或许，伤痛于每个人的感受并不相同，有人选择遗忘前行，有人选择沉湎过往。车祸过后，瞿飞住院一个多月，之后靠着复健，目前已恢复七八成。每天上午他走出家门，沿着杨柳河边走到南桥，再折返。在锻炼的同时，他也在观察自己熟悉的这座城市，季节更替，冬去春来，岷江水的激荡和平缓，早起晨练人们的笑颜，都被他记录在脑海里，成为日后的创作素材。

李宗盛的歌曲《山丘》里有几句歌词是这样唱的："也许我们从未成熟，还没能晓得，就快要老了，尽管心里活着的还是那个年轻人。"瞿飞的心里依然还住着那个年轻的自己，因为经历过，所以他更豁达，珍惜每天的生活成为他创作不竭的动力。他说："搞艺术的人心胸就要宽广，你一用笔，别人就知道你的性格是孤僻还是开朗。"所以，瞿飞在创作时，不提笔则已，提笔定胸有成竹。老师袁笙中这样评价："妙在能合，神在能离。这是瞿飞的艺术世界。"

瞿飞对自己要求高，他对自己的未来有着明晰的规划。出版了两本书画集后，他又在琢磨明年、后年的创作方向。不断进步、不断完善自我是瞿飞的人生信条，诗书画印均有涉猎的他更多地在追求审美内涵，追求艺术价值。未来，瞿飞将要把他的理念付诸于实践：画我们的乡村，画我们的乡土风情，画我们生活中熟悉的一切，重塑生活，赋予其艺术之美。

第三辑 医 生

他们的脸被口罩遮住了，白大褂是身份象征，无论是凌晨还是傍晚，哪里有需要，哪里就有他们的身影。

他们被称为“逆行者”，他们留下最美的背影。今天，只想跟你讲讲，他们艰辛的日常、奋斗的点滴以及不竭的理想。

谢晓平：以心为灯做天使

她医德高尚、业务精湛，救治病患无数；她潜心钻研、著作等身，目前在研科研课题多项；她团结奋进、勇于开拓，带领儿科团队创建了四川省重点专科；她高调做事、低调做人，预约采访时，她一个劲地说应该把机会留给更多的年轻人……

她，就是都江堰市人民医院博士研究生、主任医师谢晓平。她还有以下头衔：亚太医学生物免疫学会委员，国家级重点学科儿科感染专业评审专家，四川省医疗事故技术鉴定专家，四川省循证医学专委会委员，四川省医学会儿科专业委员会呼吸学组秘书长，国家级巾帼文明示范岗优秀个人，都江堰市第七批拔尖人才。最近，捷报传来，谢晓平荣获四川省卫生健康委员会学术技术带头人荣誉称号，这是代表我省卫生专业技术人才队伍最高水平的荣誉，事实证明，谢晓平这些年的努力和付出没有白费。

面对荣誉，谢晓平一如既往地淡然处之，依然专注于日常工作，她说："我天生就是一名儿科医生。"那身白大褂赋予她的情怀和意义无可比拟。正如她的同事所说："医学就是她的第二生命，她一生的努力、奉献、意义都在于此。"

从业者　默默守护为儿科事业奉献青春

谢晓平的父亲17岁行医，94岁去世，在德阳当地是一位德高望重的名老中医，深受当地人爱戴。在女儿眼里，父亲一直有着高大光辉的形象。

从小生长在医院的谢晓平，耳濡目染，小小年纪就立志当一名医生，高考填报志愿时，她的填报栏里清一色都是医学院。起初，父亲并不支持女儿的这个决定，他深知做医生的辛苦。后来，父亲理解并建议她进入重庆医科大学儿科系（现重庆医科大学儿科学院）深造。1988年毕业后，谢晓平就一头扎进儿科临床，一做就是30年。人们常常把教师比作园丁，比作蜡烛，殊不知还有一个职业——儿科医生，他们同样像园丁一样守护着祖国的花朵、家庭的未来。谢晓平从事儿科临床工作的这30年，是我国独生子女集中成长的30年。这30年，谢晓平救治的绝大部分患儿都是家庭的“独苗”，是一个家庭全部的希望。正是因为千千万万个像她这样的儿科医生默默的守护，才保障了无数家庭的生命健康安全和稳定。

从医经历中，谢晓平用她精湛的医术为不少病患减轻了痛苦，但她也有太多的无能为力，她深知，医学的奥秘是无穷尽的，靠人类的智慧和能力目前只能解决一小部分问题，但这无法减少她面对生命时的悲悯与责任感。大约在2000年，一名3岁左右的孩童因为过敏性哮喘被送进医院，“孩子送来时病情已经很危重，我们用尽了所有抢救手段都无济于事，眼看着他在你面前休克、死亡，而你却无法令他起死回生。”这样的无力感和苦痛感，促使谢晓平去掌握更多知识，了解更多方法，以期去挽救更多的生命。

佼佼者　刻苦钻研在儿科界享有盛名

很多家长不知道的是，婴幼儿出生时伴随的湿疹、腹泻等症状其实是一种过敏症状。据《中国医学报》消息，过敏是全球第六大疾病，全球有20%

的人群受到过敏困扰，而且近年来，过敏性疾病的发生率呈急剧上升趋势。中国儿童过敏人数也在急剧增加，中国城市儿童支气管哮喘患病率10年内上升了100%。过敏不仅给患儿造成很多痛苦，而且影响整个家庭生活质量。

2004年，谢晓平进入四川大学华西临床学院继续深造，经过三年的刻苦学习、努力钻研，她于2007年毕业并取得博士学位。这些年，在做出了突出的临床治疗成绩的同时，谢晓平还勤于钻研，不断总结临床经验，取得了丰硕的科研成果。在儿童呼吸系统疾病、儿童过敏性疾病治疗等方面在全省儿科学术界享有盛名。主持了多项国家及省级研究课题，其中，“小儿哮喘生物标记物的研究和应用”获四川省科技厅研究基金30万元；“川芎嗪治疗小儿哮喘、毛细支气管炎122例治疗观察”“儿童呼吸道衣原体感染研究”“脑电生物反馈治疗儿童抽动障碍疗效研究”“外周动静脉同步换血治疗新生儿重症高胆红素血症的疗效研究”等多项科研项目获市级奖励。先后在《中国循证医学》《临床儿科杂志》《中华妇幼临床医学杂志》《西部医学》发表中文论文20余篇，并发表SCI论文4篇，其中《MicroRNA－derived Fragment Length Polymorphism Assay》发表在《Scientific Report》杂志上，该刊影响因子5.95分。其著作《儿童过敏性疾病的防治》《儿童疫苗及其相关疾病与防控》经四川大学出版社出版后，得到业界一致认可，多次再版刊印。

“每个年龄段的孩子会有不同的过敏症状，刚出生的婴儿的过敏症状是颜面、皮肤、会阴等出现红肿、紧绷，这种情况基本上会一直持续到婴幼儿期；学龄前期，有的孩子会出现呼吸困难、咳嗽、气紧、哮喘等，这就是过敏性哮喘；学龄期儿童，有的孩子会出现鼻子痒、打喷嚏、鼻塞等症状，这就是过敏性鼻炎，如不及时治疗，很可能伴随到成年。”谢晓平说，出现过敏症状后，一定要查过敏原，再对症治疗。她的科研成果“MINIRNA”，为同行测定哮喘标记物提供了一个简便系统疾病可行的统一标准。

领头羊 带领团队建立省重点专科

如果用几个关键词来形容谢晓平的话，首先想到的是温婉、敬业。然而，这显然不够完整。这位气质优雅的儿科专家，同时还肩负着一个重要的角色：领导。尽管在她身上完全看不出所谓的“领导范儿”，但是她用她独特的人格魅力和处事方式，很好地诠释着她身上肩负的管理职责。

“个人优秀，不算什么。团队优秀，才是真的优秀。人家网络平台还叫‘美团’呢！”谢晓平幽默地打了这样一个比喻。作为都江堰市人民医院的儿科主任，2011 年，她通过人才引进来到都江堰市，当时她和同事们立下目标，争取用 5 年时间将都江堰市人民医院儿科打造成为四川省医学重点专科。在同事们的共同努力下，2015 年，该院儿科验收合格。2018 年，顺利通过 3 年复审。记者在人民医院儿科住院部看到，那块闪闪发光的“四川省医学甲级重点专科”的金字招牌格外亮眼。

吴兆海和谢晓平共事好几年，他说：“过去我们科研做得很少，也根本没有这个意识，只知道埋头苦干，做临床一线的工作，谢晓平到了我们儿科以后，带领我们做了很多科研，我们也出了很多成绩。大家的意识都发生了根本性的变化，如有特殊的病例或者特殊的治疗方法，都会主动收集资料，无形之中也提高了大家的积极性和创造力。”

这些年，随着科研技术的不断成熟，治疗经验的逐渐丰富，谢晓平和团队在 2018 年 10 月成功抢救了一名体重仅为 950 克的早产儿。“体重小于 1500 克属于极低体重儿，而这个婴儿只有 950 克，从松潘县医院转到人民医院时已出现全身硬肿、呼吸困难等症状，婴儿随时会面临呼吸暂停，生命终止。”在谢晓平等人的全力救治下，孩子成功脱离了生命危险，4 个月后随诊，体重已达到 6 公斤，完全是一个健康的孩子。

2018 年底，成都市片区危重新生儿救治中心落户都江堰市人民医院，该救治中心将承担区域内危重新生儿的快速救治、转运、会诊以及对基层医疗机构新生儿专科业务技术的培训和指导工作。

30 年来，谢晓平一心扑在工作上，为医学事业贡献了青春、汗水甚至泪水。她表示亏欠家人很多，“以前一家人聚少离多，丈夫在外地上班，女儿在美国读博（同样是医学专业），我们一家人经常在机场分别。”如今，丈夫从主要负责人的岗位上退下来，每周末会从德阳市赶到都江堰市与之团聚，从都江堰市到德阳市一个小时的车程，谢晓平却半年也回不了一趟家。“回去了心里总是不踏实，如果有危重患儿需要抢救怎么办？心里总是惶惶不安的，所以丈夫只能牺牲时间过来陪我。”

专家门诊、大查房、科研，不断外出开学术研讨会议……如今，谢晓平依然活力满满，因为植根于内心的人文信仰，她总是怀揣悲天悯人的情怀、向善向上的动力，还有自我排解的坚强。2019 年 2 月 21 日，作为都江堰市政协常委的谢晓平带着她关于医疗卫生方面的提案参加了都江堰市两会，带去了一个医生视角的感受与关注。

以心为灯，愿做生命的守护天使。谢晓平表示，未来她将继续温暖坚守，静待花开！

徐鹏程：让疼痛不再难耐

作为疼痛医院的业务院长，徐鹏程上午坐门诊、下午做手术，时间安排得很满。来自于阿坝州金川县的他，常有很多老乡患者慕名前来找他看病，大家都说“找老乡看病很放心”。作为一名共产党员，他更是以“为患者解决疼痛”为己任。

学无止境　带领团队开发多项新技术

1995 年，徐鹏程从阿坝州卫生学校毕业后分配到阿坝州金川县人民医院外科工作。1996 年辞职，到都江堰市兴开骨科医院工作，2004 年开办社区卫生服务站，2007 年创立都江堰鹏程疼痛医院至今。徐鹏程的履历可谓“一路开挂”，而他自己却谦虚地表示只是“运气”。其实，哪有人能随随便便成功？看似运气的背后是刻苦地学习和钻研，是不断地开拓和进取。

徐鹏程说，在他的家乡，由于气候等自然因素的影响，很多老年人都因为骨病长期忍受疼痛。所以，他从 1997 年开始接触并了解疼痛。“当时全国只有 10 个疼痛治疗中心，疼痛中心打破了传统的治疗方法，直接给药到患者的神经根、神经节以及病变周围，把病变疼痛部位的循环弧打乱，主要目的是为了松弛肌肉、改善循环，以此解除因为疼痛炎症介子因素造成的疼痛。”

这些年，徐鹏程一直在不断地学习，他是“全国好医术医疗群”的会员，平时在网上学习理论知识，周末时会飞到全国各地进行手术培训的实体操作。不光自己进步，他还不断培育新人，建立技术团队，把外出学习的机会让给弟子们。目前，鹏程疼痛医院有医师 40 多人，主刀医生 6 人。近几年，他率领业务技术团队不断进取，推出的“股骨头坏死钻孔减压术”“股动脉灌注治疗”“椎间孔镜下椎间盘突出摘除术”等，深受广大患者的好评以及社会认可。

软件力量不断增强，硬件设备也要跟上。去年，医院购买了先进的超声骨刀。超声骨刀是项创新技术，具有许多传统手动和电动骨科手术器械所不能比拟的特点和优势。徐鹏程说，超声骨刀多用于美容整形医院，其价格高、耗材贵，而医院为了更好地服务于患者，引进了该项新技术，确保对患者的手术更加精准、创面更小。

回馈社会　提升就医环境更好服务患者

42 岁患者张先生因腰椎间盘突出，造成下肢麻木、无力，前期在其他医院已保守治疗 3 个月。到鹏程医院求医后，徐鹏程详细为其检查并推荐了三套治疗方案，最终由他自愿选择治疗方案。“对病人来说，他们最大的需求就是尽快解决疼痛，所以就是要用效果说话。平时，3 个业务副院长会轮班查房，如果有病人出现治疗效果不佳的情况，我们会及时会诊，并要求专人处理并负责跟踪，确保患者利益最大化。”徐鹏程说。

在住院病房 4 楼，来自阿坝州金川县的 72 岁骨折患者孟某，入院治疗 10 天后已能下床行走。女儿周某说：“妈妈由于骨质疏松导致骨折，背部椎体管脱落，刚来医院时，完全不能动。而昨天晚上，已经能自己起来上厕所了。”孟某为了证实自己的恢复状况，下床在走廊上走了一圈。看到母亲的恢复状态良好，周某很是欣慰，她说：“我们很多老乡都说都江堰鹏程疼痛医院的骨科做得相当好，他们不仅服务态度好，医疗手法、技术都很好。”针对孟某这类骨质疏松的患者，徐鹏程建议多吃含钙高的食品，如豆类、海产品类；另外在医生指导下补钙，并可适当补充维生素和服用抑制破骨细胞生存的药物。

值得一提的是，这些年，徐鹏程和妻子赵丽资助了好几位贫困患者，负担他们的医药费和生活费。还在都江堰市援彝干部的牵线下，他们资助了凉山州布托县的6位彝族小朋友，为他们提供从小学到大学的生活学习费用，将爱播撒到高原。他们不仅自己献爱心，且已带动了几位朋友的加入。这份医者之爱，这份仁义之举，为大凉山的孩子飞出大山插上了翅膀。

谈到医院的未来，徐鹏程说，为了满足日益增长的就医需求，医院改扩建已完成，使用面积增大，床位增加，同时开设有单间病房和藏式病房，增加就医项目，不断改善就医环境，为更多病患提供高质量优质服务。

胡孝荣：妙手仁心起沉疴

每天上午，糖尿荣信中医医院专科门诊里都会出现一个忙碌的身影。他一袭白衣穿梭在病人间，凭手里的一支素笔、一根银针，愈急症、起沉疴，将“大医精诚好医生”的精髓体现得淋漓尽致。

从医40年来，他扎根临床，积极探索、勇于创新，他以纯朴的医风和精湛的医术，帮助和救治了一个又一个患者，让很多糖尿病患者提高了生活质量。他结合中西医及道家养生理论独创“绿色整体平衡”疗法，为很多患者提供了康复保健指导。每天慕名而来的求医者络绎不绝，大家亲切地称呼他为“糖医生”。

他，就是都江堰糖尿荣信中医医院（原都江堰糖尿病专科医院）院长、中西医结合主任医师胡孝荣。

秉承初心致力中西医结合

胡孝荣祖籍广安岳池县。小时候的他体弱多病，父母常常抓中药回来熬给他喝。伴随着“草药香”，他立志长大了要当医生治病救人。20岁毕业于川北医学院，又先后进入成都中医药大学、四川大学华西医院研修学习，后又拜国内名医高道为师，学习传统康养技能，使他成为一个集中医、西医、针灸、推拿、道家养生于一身的医养结合“多能手”。

行医以来，胡孝荣在西医标准化、规范化的基础上，充分发挥传统医学中医、道医之长，为很多患者解除了病痛。2004 年，他结合中西医及道家养生理论，独创了“绿色整体平衡”疗法，即在“天人合一”的整体观指导下，以绿色有机、无毒无害的方法，调节人体阴阳，调理人体五脏六腑，疏通人体经络气血，从而达到人体阴阳气血的和谐平衡。

促使胡孝荣沉下心来主攻糖尿病病症还要源于 1997 年他接待的一位患者。这位患者因糖尿病并发症导致视力急剧下降，胡孝荣为其延缓了病情进展，争取了一年的光明之后，仍然双目失明，给患者及家人带来巨大的压力和痛苦。这件事触动了胡孝荣，也让他对医者初心有了更深刻的理解：“做医生这行，一定要把治病救人放在第一位，什么事都没有患者恢复健康重要。”

妙手起沉疴不断精进获好评

20 多年来，胡孝荣沉下心来主攻糖尿病。采访中，正遇到胡孝荣的“铁粉”——糖尿病患者田某前来就诊。据介绍，田某今年 65 岁，患糖尿病已经 30 多年，如今血糖控制良好，且无并发症。如此病程长、状态好的患者不能不说是一个奇迹。究其原因，胡孝荣说，一方面是患者的“依从性”好，自身重视病情；其二是治疗方法多样，并用心教授康养方法。

用心、用情、用爱是胡孝荣的行医宗旨。胡孝荣常说的一句话是：“医生多说一句话，患者少跑很多路。”来自壹街区尚阳社区的叶某患糖尿病 3 年，他慕名到医院向胡孝荣寻求帮助。经过检查，叶某不仅有糖尿病，还伴有颈动脉粥样硬化、脑血管狭窄供血不足、高血压等病症。胡孝荣对其使用降糖、降压药控制血糖、血压，再进行中医中药调理治本。患糖尿病两三年的叶某对自己的病情很是了解，他告诉记者：“医生会开降糖药不稀奇，可贵的是医生还懂中医调理和道家养生方法，把别的病都给你治了，这就很了不起。”

治疗糖尿病到底有哪些秘诀？胡孝荣说，他只是综合调理，善于运用“四个结合”：西医现代科学与中医传统理论相结合；药物疗法和非药物疗法相结合；治疗措施和康养手段相结合；医生的主动施治和病患的依从性相结合。

医德高尚传授技艺承载梦想

胡孝荣说他平生最爱的服装是白大褂，这一穿就穿了40年。只要一走进医院，他就一袭白衣在身，时刻谨记医者的职责。

医院墙上，张贴着两句养生忠告："管住嘴，禁食限饮调节人体身心灵；迈开腿，导引吐纳修炼自身精气神。"近几年，胡孝荣致力于将更多的健康养生理念传播开来。胡孝荣高尚的医德医风、优良的医技医术也感染了他的很多弟子和同事，他们都亲切称呼胡孝荣"师傅"。他这样说："我一个人的力量毕竟有限，只能救治身边看到的人，希望能把技艺传承给更多的年轻人，造福更多的患者。"

"大医精诚好医生""养生专家、糖尿病克星"……这些是医疗主管部门授予胡孝荣的荣誉称号；"医术精湛、妙手神针""医术高明、医德高尚""妙手回春治百病、服务热情暖万家"……这些是患者及家属送给胡孝荣锦旗上的赞语。从患者的角度出发，胡孝荣用一颗救病患于苦难的仁心，承载起一位医者的梦想。

黄晓东：做群众健康守护者

都江堰惠东医院位于李冰小学对面。以李冰小学为圆心，方圆几公里为半径，几乎人人都知道惠东医院院长黄晓东。医院旁边民主 A6 小区的骆某说：“黄医生不仅医术好，态度也非巴适的。”家住彩虹大道美丽风景小区的冯某说：“黄医生诊所开到哪儿，我看病就跟到哪儿。20 多年过去了，我们一家人找他看病已经形成了一种习惯。”

金杯银杯不如老百姓的口碑。黄晓东，用情怀践行使命。

情怀　建属于自己的医院

黄晓东祖籍湖南，在四川长大。不过脸上却有着西北汉子的敦厚朴实。一问才知道，原来他自小跟随父母在四川和甘肃交界的某军工大院长大。从兰州医学院毕业后，他被挑选回军工单位职工医院工作，后来军工单位改制。1997 年，黄晓东从原单位停薪留职，在都江堰市自立门户开了间小诊所，开始了自己的拼搏之梦。

“刚开始的小诊所只有 20 多平方米。初到都江堰市，没有熟人和朋友，一切只能靠技术说话。”黄晓东表示，最初创业很艰辛。既然选择了这条路，就只有风雨兼程。作为军工人的后代，黄晓东具有干事就要干到底的执着精神。从开个体诊所到开一家医院，黄晓东经历了十多年的沉淀。黄晓东说："我内心深处一直有一个信念，运用自身所学为病人解除病痛，并竭尽所能去帮助更多需要帮助的人。"

2011 年 10 月，以黄晓东和妻子张兴惠名字命名的惠东医院在翔凤路和银丰路交汇处正式营业，该地段紧邻学校和居民小区。在经历了前 7 个月的亏损之后，靠着病人的信任和口口相传，凭借着勤奋付出，医院状况逐渐好转。在随后的近十年，黄晓东靠着敬业、奉献精神，更是深得病患的信赖。

使命　为更多病患解除痛苦

2007 年，黄晓东取得了全科医师执业资格证，全科疾病都可以看，十多年来，他尤其在心血管内科、消化内科、呼吸内科等内科疾病方面颇有建树。

市民骆翠华陪着丈夫前来就诊，其丈夫主诉："我胃痛，吃了饭也痛，肚子饿也痛。咋回事呢？"黄晓东为其分析："这是胃粘膜损伤引起的消化道疾病。"随后，查验血常规，分析检验报告，取药，骆翠华和丈夫满意离去。骆翠华说："我们老百姓看病最关心的就是不跑远路、不排队，医生态度好、吃药见效快，而黄医生的诊疗几乎满足了我们所有的需求，所以我们都觉得他人巴适。"

值得一提的是，偶尔有人来惠东医院看完病、拿完药之后声称忘了带钱，每当这时，黄晓东总是和颜悦色地说"没关系，下次补上"，并送他们离开，他相信对方真有难处。有时，碰到老年患者在医院门口发生意外，他也积极上前主动施救，家属和病患来不及说声谢谢，他又匆匆返回工作岗位。医院紧邻的社区有孤寡老人需要上门服务的，只要邻居们一招呼，黄晓东就会带人上门为其免费服务。

黄晓东良好的医术医德，弟子李泽芬看在眼里，记在心上。李泽芬是湖北人，2008 年大学毕业后跟随黄晓东学艺至今，她说："今后，我要继续努力学习，对自己高标准、严要求，以师父为榜样，为更多病患解除痛苦。”

我们的采访不时因为病人的到来而打断。黄晓东笑着说：“从医 30 多年来，我一直是超负荷工作，周末、节假日都无休。但是，看到患者来时沉重，去时轻快，这就是我最大的成就和幸福。”

第四辑 非遗传承人

活着，就是你能感到自己的饥渴与热望，你也相信自己正一步步靠近梦想。

就像竹子拔节、桃花绽放、苔花从石缝里开出芬芳。

活着的非物质文化遗产，历经时光的冲刷，正长出翅膀，飞向更辽阔的天空。

杨久长：薅秧歌儿唱起来

在石羊镇柳街，几乎每个静谧的清晨，人们都是被歌声唤醒的，这边唱："秧苗青青百花开，我拿杆杆跑步来。不带歌本来赛歌，找个对手打擂台。"那边和："唱歌不用钱来买，张口几句甩出来。秧歌本来家常菜，五味俱全歌成排。"随着一唱一和，歌声此起彼伏在田间地头飘荡开来，在三色的绿道上蔓延开来。和着柳街七里诗乡的文化韵味，歌声唱走了沉沉雾霭，唱得花红柳也绿，唱得金黄的稻穗笑弯了腰，更是把川西坝子农民的生活越唱越红火。

这歌曲，正是距今300多年历史的柳街薅秧歌。杨久长是土生土长的柳街人，从小耳濡目染，从20世纪90年代开始，他就传唱薅秧歌，被评为四川省第七批省级非物质文化遗产代表性传承人。薅秧歌都有哪些故事？今天，我们听杨久长摆摆龙门阵。

从小耳濡目染受薅秧歌文化浸润

据史料记载，柳街薅秧歌起源于明末清初柳街七里坝、邬家坝，后逐步流传于川西坝子，盛传于岷江流域，是劳动人民创造的原生态民俗文化。

杨久长上小学时无意间听到人们唱一种乡间小调，只觉得婉转悠扬，格外动听，但是却不明白到底唱的是什么意思。跑回家一问爷爷和父亲，才知道这就是薅秧歌，而父亲还能简单地哼唱几句。反复听了几次之后，杨久长欣喜地发现，他之前听到的就是这个味道。从此，薅秧歌的“味道”在杨久长的记忆里埋下了种子。

此后，杨久长经历的一切似乎都是在为他传唱薅秧歌做铺垫。1978 年，杨久长考入灌县川剧团，每天早晨 5 点钟就起床吊嗓子；1980 年回家开始“江湖跑摊”，包括后来学泥瓦匠，都是在积累丰富的生活阅历。1990 年，柳街镇文化馆成立，杨久长因有唱戏的经历，被当时的文化馆馆长邱岗相中，请进了文化馆工作至今。

2007 年，时年 98 岁的柳街镇鹤鸣村 10 组的罗廷全找到邱岗，他一筹莫展：“这薅秧歌整理出来了需要人来传唱!”原来，罗廷全几十年来相继编著了《柳街薅秧歌 300 首》以及《柳街薅秧歌史话》，为柳街薅秧歌的传承作出了很大贡献。两人一合计，都认为杨久长是最合适的人选。就这样，柳街薅秧歌正式搬上了舞台，2007 年，柳街薅秧歌队伍参加了都江堰市非物质文化遗产展演。2011 年，柳街镇举办诗歌会，全国多家媒体追着杨久长跑，纷纷表示要听他唱薅秧歌，杨久长笑说那几天他的嗓子都吼哑了。2014 年，薅秧歌被列入四川省非物质文化遗产名录。

柳街薅秧歌登上了首届中国农民丰收节大舞台

第一次见识薅秧歌以及认识杨久长，是在 2018 年 9 月 23 日首届中国农民丰收节都江堰柳街分会场。当天，由杨久长等人表演的薅秧歌让人眼前一亮，高亢的嗓音，情景剧的舞台形式，自然流畅的表演方式，都给人耳目一新的感觉。

“真实的劳动场景就是这样的。”杨久长介绍，柳街薅秧歌原本是农民在田间薅秧除草时，为解除疲乏即兴编唱的一种原生态民歌。回忆过去，早上太阳出来时，要出门薅秧了，随着主人家一声“太阳出来红彤彤，端起粪桶就出工哦。幺妹拿起薅秧耙，边薅秧来边唱歌”，送茶的、担粪的都出工了。

劳作了一上午，很快又到了送“腰台”（点心）的时候，趁着闲暇，薅秧歌又唱起来了：“对面幺妹看过来，这边哥哥排成排，你看哪个哥哥壮，明年你就嫁过来。”这类似于打情骂俏的斗歌方式伴随着俏皮的肢体语言，表达了男女之间相互的爱慕之情。眼看着太阳就要落山了，一天的快乐时光就要过去了，好客的主人早准备了酒席，这时的薅秧歌是这么唱的：“眼看太阳落山坡，主人出来喊收工。提起秧耙上田坎，回去就把酒儿喝。”就这样，你一句，我一句，领唱、和声，宛如一首乡村交响乐，气势恢宏、场面温暖，在人们脑海里久久回荡，久久不散。

其实，以前的薅秧歌没有如今这么欢快，而是有些哀伤。随着改革开放进程加快，柳街人民的生活越来越好，曾经的薅秧歌因此也变得欢快，琅琅上口。伴随着劳动的节奏，人们现编现唱，见啥唱啥，天上飞的、地上跑的、水中游的，特别是人间的喜怒哀乐、酸甜苦辣等都是素材，内容宽泛。曾经在薅秧时唱的薅秧歌现在是想唱就唱，一人唱来众人和，此起彼伏，遍坝盈耳，好不热闹。

曾任柳街艺术团团长、都江堰市作协常务副主席邱岗介绍：“对于薅秧歌来说，大地是它的舞台，秧苗是它的地毯，太阳是它的灯光，蓝天是它的幕布，万众是它的演员，场面巨大，气势恢宏，可以说是巴蜀大地上一场盛大的民俗交响乐。”

柳街薅秧歌在川西坝子唱得响亮

2005 年，杨久长担任成都曲艺家协会理事。这些年，他屡次在成都市和都江堰市百姓故事会 PK 大赛中斩获名次。有这些表演功底，所以他的薅秧歌有声有形。采访当天，地点就约在都江堰市融媒体中心，杨久长面貌自带喜感，语言风趣幽默，唱的比说的好听，现场又收获了一批粉丝。

如今，柳街薅秧歌衍生了两支民间文化、艺术队伍，一支是以薅秧歌歌词作为农民诗歌表现形式的柳风农民诗社，一支是以薅秧歌的音乐演唱形式促成的柳风艺术团。所以，省级非物质文化遗产柳街薅秧歌的保护、传承和发展有了实实在在的载体。

如今，杨久长被评为省级非物质文化遗产代表性传承人，他表示，柳街薅秧歌能有今天的传承和发展，与邱岗、罗廷全等人的辛苦努力是分不开的。所以，他作为传承人，今后将在传承和发扬上再下功夫。目前，他在柳街中学、都江堰市职业高中两所学校教授柳街薅秧歌，柳风艺术团 80% 的学员都是他带出来的弟子。在菜花节、诗歌吟诵节、重阳节等节庆活动上，他都会教大家唱柳街薅秧歌。而这些年，柳街艺术团在川西坝子上的名气也越来越大，经常受邀参加演出。

杨久长还有个愿望，虽然薅秧歌已在中央电视台的节目中亮相了，他觉得还不够，他希望柳街艺术团有一天能走进北京、走进中央电视台演播大厅，把柳街薅秧歌唱给全国人民听。

采访结束，杨久长即兴以一首薅秧歌结尾："薅秧歌儿哟，唱起来了哟。来到哟，新闻中心（现都江堰市融媒体中心）啰。明天哟，就要发表啰。柳街哟，人民哟，笑呵呵！"

张华康：食在青城味有魂

四川人见面的问候语常常是："吃饭没?""去哪儿耍?"简单的两句话，就把四川人会吃、会耍的形象突显了出来。说得文雅一点，就是吃得讲究、过得闲适。这种"生活至上"的理念，已经深入城市肌理，不分年龄，亦无关文化层次。我把这种理念理解为对生活的无限热爱，这种对于生活的热爱也体现在四川的美食上。

都江堰距离省会成都 50 公里，其美食具有浓厚的文化积淀，品种繁多，颇具特色，许多传统菜肴都有很多讲究和渊源，"青城四绝"之一的白果炖鸡更有其可说道的故事。白果即银杏果，银杏树是与恐龙同时代的生物，被誉为植物界的活化石。李时珍在《本草纲目》里说其"熟食温肺益气，定喘嗽，缩小便，止白浊；生食降痰，消毒杀虫"。都江堰、青城山盛产白果，采用传统方法以白果炖母鸡，汁鲜味美，清香不腻，具有食疗价值。2020 年，灌县白果炖鸡传统制作技艺被列入都江堰市第七批非物质文化遗产名录。

选材蕴含道家哲学

在吃的法则里，风味重于一切。无论是本地人还是外来食客，都会将白果炖鸡这道菜列入美食清单，人们怀着对食物的理解和对山水的敬畏，感受自然馈赠，品味菜品之魂。白果炖鸡之所以被认定为灌县技艺，不仅因为这项技艺有着美好的传说，而是在老灌县时期（1988 年撤灌县建都江堰市）就有了知名度。

关于白果炖鸡，还有一些久远的传说。青城山历史源远流长，相传轩辕黄帝时有宁封子居青城修道。西汉末年，被称为“蜀中八仙”之一的阴长生入青城山修道。公元 143 年（东汉汉安二年），张道陵到达青城山在此结茅传道，创立了中国的本土宗教——道教，并在天师洞前亲手种植一棵银杏树，因其种子俗称白果，也被称为白果树。

南宋淳熙元年（公元 1174 年）陆游来青城山赋诗写歌，其中“银杏歌”流传较广，“天师洞前有银杏，罗列青城摆八景；铃珑高出白云西，苍翠横扑孤鹤顶”。道家为了保护这棵银杏树专门修建了银杏阁，著名爱国民主人士沈钧儒为银杏阁撰写了一副对联：“银杏千年征道性，青城一洞试幽深。”当地的人们称银杏树为白果大仙，作为民俗，来此无不顶礼膜拜，期盼神灵的护佑，吃了银杏果得以无病无痛、延年益寿。

道家推崇素食，少沾荤腥，修道者的饮食以谷、蔬、果类居多，青城山一带的白果，药用功能和营养价值很早就被道家掌握并充分利用。相传张天师在朝阳洞修炼时见弟子身弱多病，将白果和山鸡炖汤，喝后日见康复，续食之，身体更康健。从此，道家将这一药膳技艺流传，青城白果炖鸡由此逐步流传至民间，并逐渐闻名至整个四川地区，成为一道特色名菜。传说后来，三国蜀汉范长生在青城山建范氏庄园，修炼长生久视之术，采山之精、水之灵、珍林香草之花宝，巧妙烹饪，食之本色、本味，得享天年，寿齐彭祖。之后，药王孙思邈居青城，又将川芎、山药等做成药膳以滋补元气。唐安史之乱，明皇避乱蜀中，驻辇长生宫，使道家饮食得以进一步发展和丰富。

“大寒白果杏肉厚，母鸡三秋两兼顾。文火沙锅记心头，强身益体走健步。”如今，在都江堰青城山，这道美食大家一直遵循着传统做法。简单的几句诗蕴含了时令、节气，还有选材的重要性，选用大寒时节之后的白果，经过风霜侵蚀，此时节的白果成熟饱满，药性最佳；最好选用两至三年的母鸡，口感最佳；炖煮的方式则是选用砂锅，用文火慢慢炖煮，非三五个小时不可；经过精心烹饪，常食白果炖鸡，可增强体质、益寿延年。简单的几句诗，亦蕴含了道家哲学，体现了道法自然的道家思想。

美味交给时间火候

都江堰老餐饮人张华康是灌县白果炖鸡传统制作技艺代表性传承人之一。年过六旬的他，早在青年时代就会做这道菜，但为了掌握其菜品精髓，也为了师出有源，2008 年，张华康特拜四川省道教协会会长、天师洞当家唐诚青为师，赐道号信康。从此，在他内心，这道菜不仅仅只是菜品，还是道家思想的传承和延续。

优选上等食材。老母鸡是一早去大市场采购的，为纯正的散养土鸡。将宰杀后的土鸡放进沸水里氽烫，只见肥厚的母鸡胸腔内挂着一层厚厚的鸡油，约莫七八分钟，氽烫好的母鸡整只放入砂锅中，以水淹没即可，再放入两三块生姜以及两根大葱葱段，大火烧开后，以文火熬制约四五个小时，把美味交给时间和火候。

选择砂锅烹制的菜肴，拥有特殊的好滋味。其受热均匀，可以把蛋白质分解为氨基酸，脂肪转化为脂肪酸，人体更容易吸收这些营养。砂锅作为水和火之间的媒介，将温度传给食材，让美味释放出来。看似简单的沸腾下，却蕴藏着厨房的秘密。

在张华康这里，他的秘密却可以对外公开："繁杂的调味品不如口味简单的调料，只有对食材的精挑细选，对火候的精心掌握，才是一名真正的厨师所追求的匠艺精神。"

他所选用的食材，白果来自天师洞附近树龄超过 500 年的白果树。每年隆冬时节，师父将白果采摘后，会派师兄为他送下山，约两百斤的白果可以用上一年。师父的一番用心、师兄们下山上山跋涉的辛劳，透露着对白果炖鸡这道菜品最朴素的尊重。

在小火慢炖的过程中，可以开始处理白果。"先用菜刀轻轻敲打白果坚硬的外壳，这需要掌握好力道，保证果仁完整。"敲打后的白果仁外面覆盖着一层薄薄的包衣，将之放进沸水中氽烫，这道程序需要眼疾手快。包衣松动，再将之剥落。剥好的白果仁，颗颗饱满、粒粒金黄。为了去除果仁中的毒性，还需放入清水中浸泡三四个小时，且需要不断换水。在咕咚咕咚的炖煮中，砂锅中渗出的香味扑鼻，在起锅前半小时再将白果放入一起炖煮，起锅前五分钟放入盐调味，整道菜品就算完工了。

山水相融代际传承

让人们吃得舒心、吃得放心，来到青城山下享青城美味，把对土地的眷恋和对上天的景仰，都融入到一蔬一菜中。如同一位作家描述的一样：“他们在埋头种地和低头吃饭时，总不会忘记抬头看一看天。”

经过四五个小时的熬煮，一锅汤色黄亮、鲜香扑鼻的鸡汤就大功告成了。看这道菜品是否成功，还要看最后出锅的成型：用白色大瓷盆盛放，整只鸡形状不垮，颗颗白果完整。先轻啜一口汤，汤味鲜美，集合了多种味道，“这是盐的味道，山的味道，风的味道，阳光的味道，也是时间的味道，人情的味道。”青城山下，白果炖鸡的味道，已经在漫长的时光中和故土、乡亲、念旧、勤俭、坚忍等等情感和信念混合在一起，才下舌尖，又上心间，让我们几乎分不清哪一个是滋味，哪一种是情怀。

中医认为，白果有敛肺气、定痰喘、止带浊、止泻泄、解毒、缩小便等功能，当白果和母鸡相遇，两者制成的白果炖鸡能够健胃补脾，清热解暑，降脂降压。

一千个人做菜有一千种味道。一生从事烹饪的张华康说，做菜人的心情愉悦与否食客一定能感知得到，食物之间自有密码传递。所以，做菜时也需要心无旁骛，全情投入。

在文化大发展大繁荣的时代，只有让非遗活化，真正融入百姓生活，保护非遗文化才有意义。能让非遗文化“活起来”“活下去”是我们当前最重要的任务之一。而让大众对非遗文化产生认同并形成一种文化自觉才是对非遗最好的保护。

如今，白果炖鸡这道菜已经成为张华康店里的招牌菜，他以此为主菜搭配推出的二人餐、四人餐、多人餐等形式，不仅满足了多位食客的需求，且每位食客来，他都将白果炖鸡这道菜品的故事、制作技艺一一述知，让非遗文化走入寻常百姓家。

偶有空闲，张华康就坐在二楼窗前，翻阅古籍、钻研学习，思绪如窗外滚滚的岷江水翻涌，以情怀为动力、用产业来支撑，在发扬传承的道路上，他还有很多想法：通过线上媒体免费为市民传授技艺，组织养殖户扩大规模，保证原材料来源，为都江堰市职业技术中学的同学提供实习机会等。

选用上好的原材料，用耐心去守候，尽可能留住舌尖上的记忆，为人们找寻现在和过去的情感链接。都江堰、青城山，这块人杰地灵的土地上，有李冰治水、道家无为的精神传承，更有着白果炖鸡的烟火味，美食传达出的满足感不断挑动更多人的味蕾，食之回味悠长，念之情意绵长。

王　尧：刚柔并济德为高

“飞雪连天射白鹿，笑书神侠倚碧鸳。”金庸说，这就是他的青春，也是他的豪情江湖。随着金庸先生驾鹤归去，曾经武侠小说里的江湖与我们渐行渐远。但是，中国武术“四大门派”仍然存在，武谚曰：“南武当，北少林，峨眉弘佛法，探本上青城。”2004 年，金庸先生来到青城山，为青城武术题词：“青城太极拳剑，既养身保健，亦系实用武术。”

青城武术，从武侠小说回归现实生活，2009 年，被列入四川省级非物质文化遗产名录。2021 年 6 月 10 日，青城武术上榜第五批国家级非遗名录。

探本上青城

刘绥滨、何道君两位武林人士，同为青城武术四川省级非物质文化遗产代表性传承人。两人虽路数不同，但各有擅长，为青城武术的传承发扬作出了诸多贡献。青城武术由青城山起源，受道教文化影响深远，历经千年发展，形成了富有道文化底蕴的集养生、修行、技击、演练于一体的武术流派。

《列仙传》《华阳国志》等均对青城武术有所记录；东汉时，张天师在青城山结庐传道，佩剑降伏魔王，展示武功实力；自汉唐以来，就有青城派武术高手化鹤飞行的龙跷飞腾术记载；在清朝，《灌县志》记载有武举人、武榜眼人数；民国时期，武谚云：“青城派高手多从军报国，参加抗日战争。”……历史的云烟虽早已散去，但现代有多个历史节点记载了青城武术的发展。

1939 年灌县国术馆成立；1983 年灌县武术协会成立；1989 年，四川省体委武术遗产挖掘小组在《四川武术大全》明确列出青城派一章，代表人物为周烈光、陈生一、余国雄。1991 年，余国雄作为中国武术协会唯一确定的青城派代表人物载入《中国武术人名辞典》。余国雄是青城武术第三十五代掌门人，亦是刘绥滨的师父，我们可在刘绥滨所著的《我的老师余国雄》一文中了解一二：“余老师年轻的时候学道学武，后从军到了黔军保家卫国，在台儿庄大战中，担任大刀队的总教练，英勇作战，负伤连连，可老先生常说大丈夫保家卫国、马革裹尸都是正常的。余老师有一个习惯，就是不喜欢别人改他教的功夫。余老师对我常说的是：‘武功嘛，练到最高的不算本事，要德高艺精，仁者无敌。’”余国雄对刘绥滨的期望令他感怀至今。

余国雄最后的心愿是：希望武术界的朋友精诚团结，青城派的弟子更要精诚团结，把中国武术发扬光大。秉承师父的心愿，这些年，刘绥滨在传承的基础上，与时代接轨、造福社会，创新居家太极、休闲养生、太极智慧等课程，学员遍及全球 80 多个国家和地区，近百万人习练。从太极武术到太极养生，再通过太极养生学习道家哲学智慧，刘绥滨用自己的力量传递着和平，传递着健康。

何道君则是另一番机遇。从小喜欢武术的他，1983 年因机缘巧合，拜青城山高道曹明仙为授业恩师，道号“至君”。1992 年春，何道君和夫人鲜宗丽共同开设青城道君精武馆。近 30 年来，广收弟子无数。2019 年，道君精武馆被授予“四川省青城武术省级传承基地”牌匾。建立青城武术的根据地，把青城武术发扬光大，这是何道君此生最大的心愿。

两位青城武术前辈有着共同的心愿，可谓殊途同归。刀剑如梦，往事如风。小说中的青城武术风云消散、情仇皆散，而现实中的青城武术前可追根溯源，后有年轻一辈发扬光大，其故事也必将开始新的篇章。

且看“追风少年”

作为刘绥滨的入室弟子，2020 年，王尧被认定为四川省非物质文化遗产青城武术都江堰市代表性传承人。在传承发扬的道路上，一颗武术新星冉冉升起。

今年 30 岁的王尧，生长于青城山脚下，自幼就有侠客梦。大学体育教育专业专修武术，2013 年大三时拜师刘绥滨，立下了毕生传承和弘扬青城武术的远大志向。

记者走进王尧的青城武术传习基地，感受王尧的追梦历程和习武心得。

用沙子铺就的演武场，一面大大的“武”字旗迎风招展，“青城派”几个大字远远可见。下午时分，王尧正在为几位弟子授课。挺胸、收腹、展肩，做好整理动作之后，弟子抱拳，师父回礼，上课正式开始了。上课的几名弟子都是常年跟随王尧习武的，大孩子有十一二岁，最小的只有四岁半。“眼睛有神，出拳要稳，重心下移，腰背打直。”上课状态的王尧，中气十足，出拳如风。

在室内练武场，一溜排开重量不一的石锁，而每一个都是王尧习武之器具。一个二三十斤的石锁，王尧提在手中，左甩、右出、高举，自是不在话下。每天，高举数百下，锻炼臂力、腰力，是王尧的必修课。而一根普通的棍子，在王尧手里，挥洒自如。舞起剑来，左右腾挪再向前飞刺，动作潇洒且力道十足。这样的王尧，师兄弟送他一个“追风少年”的雅号。

2013 年，王尧在众人的见证下，敬茶下跪拜刘绥滨为师，从此，他将师训牢牢刻在心头，冬练三九，夏练三伏。王尧说，在他近 30 年的生命历程中，他的父亲、师父对他影响至深，这二人引领了他的人生方向。

王尧父亲王永昌是位老共产党员，自己的创业经历、一言一行无时无刻不在激励着王尧。上大学时，王尧就担任班长、学生会主席，并作为第一批学员入党。而师父刘绥滨，不仅教授他习武，更是引领他重德。在他们的身上，王尧说学到的最深刻的一点就是：认准一条路，就要坚持走下去。

王尧又讲述了大学时代的一个小故事：有一年冬天，为了提高体能，父亲陪他到距家不远的香积寺锻炼，600 多级台阶，王尧每天都青蛙跳反复练习。第二年开春，参加学校的体能训练，王尧一举夺得班级第一名。由此，他得出结论：你练习的每一分钟都算数。近些年，靠着努力和勤奋，他获得了一个又一个荣誉，先后被评为：成都市和都江堰市社区教育名师、四川省非物质文化遗产青城武术都江堰市代表性传承人、国家二级社会体育指导员、国家二级武术裁判员。

发扬传承德为高

当天下午，王尧赴东软学院为该校选修《青城武术与身心健康》课程的学生上课。在临湖草坡上，30 多名学生依次排开，相继演练了青城武术金刀出鞘拳法、青城太极站功六式。拳法拳拳生风，青城太极绵里藏针，经过一学期的练习，同学们的一招一式准确到位，动则虎虎生风，静则沉稳内敛，可谓刚柔并济。

大二学生张昱蒇来自山西，本学期选修青城武术课后，他经历了从接触、了解到爱上的全过程。他兴奋地与记者分享："练习青城武术，不仅可以强身健体，且还能起到调节心理健康的作用。在青城山下学习青城武术、传承中华文化的这段经历，会给我的大学时光留下难忘的记忆。"

王尧现在在四川省旅游学院、四川工商职业技术学院、成都东软学院、都江堰市青城小学、都江堰市七一青城山学校担任外聘教师。2019 年，他创建了青城山青城武术传承基地，基地被授予首批"四川省非物质文化遗产项目体验基地"称号。2020 年，他领衔的"社区教育名师工作室""社区教育青城武术体验基地"被授牌，为此，他还编写了社区教育读本《青城武术传习读本一》，目前，读本二正在编著中。

王尧对青城武术的发扬传承也赢得了更多的信赖和尊重。杭州人沙金女士 2020 年春节之前带着孩子，千里投奔王尧学习青城武术。经过一年多时间的学习，无论是武术教学还是武德教授，沙金说她和孩子受益匪浅。认可青城武术，就是认可青城山道教文化，所以以后无论走到哪里，她都会让孩子继续习练青城武术，体悟中华文化的根脉。

在王尧看来，再厉害的功夫、技艺都比不上高尚的武德。王尧对弟子们有着严格的要求，学拳要先学做人，要求“未曾学艺先学礼，未曾习武先习德”“拳以德立，无德无拳”。所以练武之余，他也会沉下心来阅读、作画，以修养身心。

一声师父，代表着传承有序；两厢抱拳礼，江湖礼节在，武术精魂犹在。随着青城武术成功申请国家级非遗，传承发展有序，更多心怀武术的人，都会有梦上青城，探本上青城。

朱　睿：一抹茶色润流年

茶亦醉人何必酒，书能香我无须花。之前只知道品茶亦可修心，在茶水中彻悟禅意。殊不知，修剪掉的老茶树枝干、喝过的茶叶晾干之后经过熬煮，其汁液可用来染棉麻、棉丝制品，染出的衣裙、围巾呈淡淡茶色。老工艺点染新生活，幻想一位女子着一身茶色衣裙盈盈走来，淡雅如画，一抹茶色浸润流年。

日前，青城茶染制作被列入都江堰市第七批非物质文化遗产名录。冠以“青城”二字，听来似有一股清幽之气，于是我们循着茶香，去青城山下探索这项传统技艺。

家　传

在青城山镇大观雅楠缘金丝楠乌木艺术馆，我们见到了青城茶染传统技艺传承人朱睿。她着一件茶色的棉丝裙子，淡雅清逸中尽显端庄典雅、气质温婉。

在一杯红茶的氤氲中，朱睿说起自己传承茶染技艺，可谓是无心插柳柳成荫。

2017 年，在都江堰市打造全域旅游的大背景下，作为都江堰人，朱睿毅然放弃了成都红火的生意，回到青城山脚下打造乌木艺术馆，旨在守住传统手艺，留住文化的根与魂。艺术馆建好后，朱睿每个月都会开展相应的博物馆主题日活动。一次，朱睿 85 岁的奶奶张其凤来到博物馆看到她正在染布，奶奶说她小时候还用茶叶水染过蚊帐呢。奶奶的一席话让朱睿喜出望外，遂开始对茶染技艺追根溯源。

都江堰市因堰而名，因水而兴，作为茶文化的发源地之一，不仅是天府之源，润泽沃野千里，更是成都市三大茶叶重点产区之一，在 2000 多年的悠久历史中茶文化独尊其席。正因为都江堰水利工程成就了天府之国，富饶了成都平原，成都的休闲文化应运而生，而喝茶就是这份休闲文化的代表之一。

茶文化有着极强的生命力，相应地，随之衍生的还有茶染技艺。朱睿的奶奶老家在虹口山上，小时候为了驱蚊，她就学着老一辈摘些茶叶晾干，然后和着老茶杆熬制成水用来染蚊帐。而用茶水浸染过的蚊帐，竟有很强的驱蚊功能。回忆起年少时光，张奶奶目光幽幽，那时候的她怎么也不会想到，曾经无意为之的一项技艺，竟被孙女重新捡拾并赋予其文化内涵。

多年的从商经历让朱睿练就了敏锐的洞察力。如何利用独特的文化旅游资源并将之“活化”，朱睿在进行了反复思考之后，在奶奶的指导下开始钻研茶染工艺。从选材、熬制、浸染，再到漂洗，经过反复多次试验和两年时间的沉淀，2020 年这项技艺成功申报市级非遗。朱睿说，之所以取名为青城茶染，一是因为茶叶均采自青城山下，二是为了借道教文化圣地青城山的名气，希望茶染技艺能被更多人知晓和喜爱。她深知，在传承发扬青城茶染制作技艺的道路上任重而道远。

惊　艳

熬制茶汁，是个慢功夫。前一天晚上，朱睿就将晾晒干的茶叶、茶梗装在特制的茶包里浸泡，一早就开始熬制，非要熬三四个小时不可。

等待的时间里，朱睿静静泡茶，这两年静守在大观乡下，她说自己的性子被时光打磨得更加沉静，被青城山水土滋养得多了几分灵气。她的茶室四周搭着人高的竹篱笆，角落里的盆景、攀爬到墙上的三角梅和刚采摘插在花瓶里的野花，茶香萦绕中，将环境衬托得极雅致。

朱睿介绍，茶染是草木染的一种，故很挑布料，非棉织品、丝织品不可，且不同棉织品的着色都不一样。只见她取来一块普通的棉布，先将其在水里脱浆，在反复揉、搓、拧的过程中，让棉布的调性逐渐变得柔软。

印染的最大魅力在于，根据所扎图案、缠线疏密的不同，出来的每件成品都不一样，有着最后一刻才能揭晓谜底的惊艳。根据自己想要的图案裁剪产品，用线缠绕紧致，反复这样，在棉布上扎出很多“揪揪”，最后查看茶汤颜色，舀起的茶汤呈红褐色，“可以浸染了。”这样凭色判断的本领，朱睿也经过了很多次的失败方才掌握，她还透露，如果用新鲜茶叶熬制，染出来的颜色会是青色，而茶色需要时间的沉淀。

将扎好的棉布放入锅中时，热气腾腾的茶香氤氲鼻尖。茶染属于热染，为了保持均匀着色，还需不断翻动。看棉布在茶色里翻滚，每一条纤维都浸润得透透的，颜色由浅到深。半小时后将其捞出，挤压完汁液，在清水中漂洗。一大缸清水，也被晕染成淡淡茶色。拆线抖开，惊喜浮现，一朵朵花在棉布上逐渐绽放，没有一朵花完全相同，而我松松散散扎的“揪揪”拆线之后变成一道白色的圆圈停留在棉布上，“都是独一无二的，就如同我们要接纳独一无二的自己一样。”朱睿一句话道出了茶染的最大魅力。

将印染好的棉布、围巾晾晒到竹竿上，它们随风飘逸，在明媚阳光的照耀下，深浅晕染的图案雅致不失活泼，还有着手工印染的浪漫。而那位藏在布料后面的温婉姑娘，心中藏着惊喜和秘密，她想要把这份技艺不断传递，让非遗走出去、活起来。

守　艺

朱睿说，申请非遗只是第一步，如何传扬非遗文化，让它不至于束之高阁而是走入市场，把文化演绎成文创产品，她在思索、践行。

她曾经的愿望是开一家民宿，最好在有山有水的幽静之地。经过这两年的努力，她打造了雅楠缘金丝楠乌木艺术馆，完成了茶染技艺的申报，朱睿不再执着于梦想，“我这里有艺术，也有生活，心中有诗意，何必执着于远方。”朱睿说，朋友们都觉得她变了，性子被茶汤浸润得柔和了。

目前，朱睿用茶染布料做成了衣服、围巾、抱枕、枕头等文创产品，特别是她做的枕头，里面还加入了都江堰产的楠木碎屑，不仅让客人在青城山下静享岁月，且将都江堰出品刻在他们的记忆里。持久的淡雅芳香还远渡重洋，到了一衣带水的日本。

她开发的文创产品种类很多，大到首饰箱、摆件等，小到梳子、耳环、手串等。目前，朱睿和都江堰市多家酒店如豪生、百伦、新濠、隐秀尚庭等达成合作意向，全方位推荐特色文创旅游产品，体现了一位非遗人强烈的社会责任感。

刚刚过去的这个端午节，朱睿制作的青城乾坤香囊颇受欢迎。香囊是由道家秘方配制而成，外包采用传统青城茶染布料，内包采用艾草加金丝楠乌木屑，按秘方比例装制，艾草全部采自春末夏初生长在青城山脚下的新鲜艾草晒制而成，有祛五毒、防蚊虫等功效；金丝楠乌木屑全部采用四川碳化的小叶桢楠研打成末，民间有招财、辟邪、保平安之寓意。一个小小的香囊，包含了吉祥如意的美好祝福。

艺术馆的墙上挂着两幅字画，分别是“守正”“创新”。朱睿说：“守正就是守住本土文化，守住这个城市的精气神。创新就是希望游客到达艺术馆，通过对艺术的了解和探索，品读都江堰山、水、道、熊猫文化，再结合实景，留下更深刻的印象。”

“文化产业是一辈子的事情，不管是哪辈人，我都希望坚守我们的匠人精神，守护好这些传承。我不仅是手艺人，更愿做‘守艺人’，守住文化的根与魂。”朱睿说。

何　飞：指尖蕴藏朴拙智慧

一块木头，埋藏在地底，经过千百年的沉淀，形成了自己独特的语言，如何读懂它们便成为匠人与之的神秘对话；匠人的解读和再度创作，便是赋予木头以生命，用艺术彰显生命的温度和力量。

灌县木雕相继被列入都江堰市和成都市级非物质文化遗产名录。文化遗产该如何传承和保护，如何让文化遗产活起来，记者采访了制作工匠何飞和他的继父蒋少林，父子俩用一把把刻刀，倾尽心力，拂去岁月的风霜，留下艺术的精魂。

给木头以生命

何飞工作室门口挂了一块非物质文化遗产灌县木雕的牌子，馆内陈列展示的木雕作品就更丰富了，奖牌证书也明显增多了，都江堰市和成都市级非物质文化遗产的两块牌匾摆放在显眼处。

2019 年，何飞获得都江堰工匠荣誉称号，记者为此作了采访报道。两年不见，他的技艺和作品有了明显的精进。用何飞的话说：“成功申请非遗后，表明社会对你的认可，肩上的担子就更重了。”

开门见山，拿作品说话。2020 年 1 月，何飞在四川省首届“五匠 +” 乡村艺人技能大赛上凭借一幅《夏荷蜻蜓图》，从200多位参赛者中脱颖而出，获得银奖。何飞说起当时创作、获奖的感受，仍难掩激动，“当时从接到参赛通知到报送作品，只有短短8天时间。可谓是时间紧、任务重。”从确定主题到选料，再到大刀阔斧地打大型、精雕细琢地修细，何飞可谓挑灯夜战、废寝忘食，为这幅作品注入了灵魂。近看《夏荷蜻蜓图》作品，整体造型和谐统一，荷叶微卷，几枝荷花亭亭玉立，一对鱼儿游弋其间，点睛之笔是一只蜻蜓“飞来”落在荷苞上。其动静相宜，寓意美好，有着较高的审美情趣。

一件头像作品吸引了记者的注意，饱经沧桑的脸庞上有着温柔和慈祥，而头上缠绕着几圈帕子显示这是位羌族老者。何飞说，他给这幅作品命名为《父亲》，里面杂糅了自己父亲的形象。父亲为儿女一生操劳，他们额头上的道道沟壑装满了岁月沧桑，但是，看到儿女成长，他们虽辛苦却也欣慰。令人动容的是，老者虽老，可眼神晶晶亮亮。何飞说，这是他的神来之笔，当完成这幅作品与之面对面对话的时候，他一直思索如何让作品形神兼备。那就是在眼睛上下功夫。经过艺术手法处理的黑眼珠立时让老者散发着生命的光亮，人生的积淀长在骨子里、智慧刻在风霜里。

何飞的木雕作品，有丰富的人物肖像，有灵动的动物，又有栩栩如生的植物，而每一件作品，他都是根据木材的材质、纹理而来，依形就势。任何一件木头，到了他的手上，他都会赋予其生命，把它雕琢成为一件艺术品。

细节处见功力

每次坐在作品面前，何飞都会闭目沉思几分钟，久而久之，这仿佛已成为他和木头之间对话的一种方式，“只有想好了要怎么做，我才开始动刀。”每一刀都是慎重，每一刻都是思量。

何飞最近接了朋友委托的一件作品。朋友只发过来一幅图片，照片上是一只公鸡、母鸡和一只小鸡仔一家三口在竹椅上享受温馨时刻。历时一个月，这件作品整体雕刻已完成。鸡爸爸高大威猛，身高略矮身形圆润的是鸡妈妈，它的背上背着鸡娃娃。作品取名为《全家福》，传递的语言是相亲相爱的一家人。

而何飞还在原有图片的基础上进行了再创作，在边缘处添加了一只小鸡仔，刚刚脱离母亲翅膀的小鸡仔怯生生地望着四周，好奇又畏惧。整件作品，惟妙惟肖。让人更为惊叹的是，明明是木雕作品，何飞却雕出了竹制品的感觉，竹椅的腿、竹子的节、竹椅背的镂空都一一再现。所以，当何飞向记者展示朋友发过来的图片时，让人恍惚，分不清是先有作品还是先有图片？竟如此生动，完美再现。

从一整块木料到刀砍斧削，再到精雕细刻，除去需要借助大型的切割机之外，其雕刻工具就有几十种之多，不同尺度的凿子凿出不一样的深度。何飞继续对《全家福》作品进行细节处理。“木纹与雕痕、光滑与粗糙、凹面与凸面、圆刀排列、平刀切削……木雕的魅力是其他材质无法达到的。纯手工耗时特别长，花几个月做一件东西很正常，细节处见功夫，正因为这样才更珍贵。”何飞一刀一式、一丝一毫揣摩构思，在片片木板和块块树根上，倾注对木雕艺术的痴迷。

“刚学习木雕时，只是简单地想学一门手艺，作为谋生的一种工具。但是，经历了对木雕的了解、交流、对话，我逐渐与木头成为朋友，开始懂得如何‘读懂’它。”在与木雕的交流中，何飞逐渐掌握了木头的语言。“如果你想拓展和深化你的创作，使艺术品趋向高层次的成熟和完美，就必须着眼于事物内部结构的规律，从里面开始塑造它们。”随着经验的加深，他雕木时，与木雕沟通也更加深入。何飞说，木雕就是把木头变成活的生命，因势造型，因材施艺。

传承中守匠心

16 岁开始接触木雕，何飞一张娃娃脸上戴着一副黑框眼镜。工作时，他有着超乎同龄人的坚韧和沉着。他的努力和创新，也得到蒋少林的肯定和认可，“他天生适合干木雕，有天赋，雕得比我好。”何飞、蒋少林，这两位“半路”相遇的父子俩，亦师亦友，彼此鼓励又相互“挑剔”，真可谓是“完美搭档”。

蒋少林从事木雕几十年，他采用的是传统平面雕刻法。而何飞在拜师专业学习的基础上，传承其父的技法，再结合时代审美，挑战的是立体雕刻法。“根据木料原本的模样顺势而为，需要创作者有一定的文化底蕴和独到的审美眼光以及丰富的想象力。‘三分人工，七分天成’。意即用最少的刀，展现最多的内涵。很多时候，需要你自己去悟。”为此，何飞经常把自己“泡”在木料间，用心观察，时时感悟。

父子俩常在一起讨论，蒋师傅的人生阅历比何飞丰富，观察细致，他常常给何飞指导，“老屋作品，既然展现老屋的破旧，那么窗框经过岁月的风化都会有不一样的变化。”而何飞的创意则是发散和极为新颖的，所以每次何飞坐着发呆的时候，蒋师傅就知道他进入了冥想阶段，尽量不去打扰。

近几年，何飞先后取得了一系列成绩，被授予四川省农村手工艺大师（雕塑类）；2018 中华非物质文化遗产杰出人物；2019 年春节期间应邀参加我国驻迪拜总领馆举办的“欢乐春节”庆祝活动；其多个作品被国内外木雕爱好者收藏。2019 年底，江西、河南的两位年轻小伙从网上得知何飞的故事后，不远千里投奔学艺，何飞也倾心相授。

手工雕刻是个细致活，需要耐心和毅力，更需要天分和勤奋。从去年至今，因为受疫情影响，何飞外出参展的机会少了很多，市场销量也随之下降，这也给何飞带来不小的挑战。可是，既然干了这行，爱了这行，就要一直干下去。何飞说，他也借此机会沉淀自己，今年时值建党 100 周年，他想用自己的方式为党献礼。他目前正在构思一幅“熊猫入党”的作品，预计 8 月份完成。

为了将木雕这项非遗推广开来，何飞积极参加各类公益活动，比如非遗进校园、进景区、进部队展演等。最近，他正在筹备建设灌县木雕非遗传习基地。“传统文化是民族瑰宝，只有不断创新赋予其生命，让它焕发出新的活力，才能走得更长远。”何飞说。

文　斌：让舌尖留住记忆

夏日的清晨，古老的岷江水流经都江堰宝瓶口、南桥时似乎奔腾得更加欢畅。岷江水发源于四川松潘县岷山，奔流而下灌溉了成都平原。而文记糕点的第四代传承人文斌从小就在岷江河畔长大，对他来说，让他魂牵梦萦的岷江味道就是文记糕点的味道，这些糕点的原材料来自岷江沃土滋养的糯稻、绿豆、花生、胡麻、玫瑰等，经过他的调配制作，核桃糕、绿豆糕、鲜花饼、米花糖、花生占等几十种类型丰富、口感细腻的文记糕点呈现在食客面前。当你喝下午茶时，有了甜的、咸的糕点陪伴，再平常的日子，也会变得有滋有味。

文记糕点的渊源　上百年技艺传承

文斌从事糕点制作已有40余年，以其家族姓氏命名的文记糕点成功申请都江堰市第六批非物质文化遗产。文记糕点历史悠久，其技艺可追溯近两百年。文斌的父亲文开兴出生于1930年，虽然已是耄耋之年，但是身体健康、思维清晰，他作为文记糕点第三代传承人是文记糕点传承与发展“活的见证”，向记者讲述了文记糕点的传承脉络。

清朝中叶，文记糕点第一代传承人林吉安在灌县南桥外（现离堆公园门口）经营糕点铺“金果铺”，深受大众百姓喜爱。后将此技艺及“金果铺”传承给文记糕点第二代传承人秋正仙。民国年间，文开兴13岁拜至秋正仙门下，作为文记糕点第三代传人学得中式传统糕点制作技艺，并将此技艺发扬，不仅被誉为当时的“四川蜜饯第一人”，还为成都传统名小吃“赖汤圆”汤圆心子的研发提供了核心技术支撑。

文开兴勤历一生，他喜欢制作糕点，讲究做好味道、货真价实的糕点，因此一直以来颇负盛名。20世纪70年代末，响应国家号召公私合营之后，文开兴进入当时的灌县食品厂担任技术骨干。而文斌作为文记糕点第四代传承人，从小受父亲文开兴的耳濡目染，13岁便进入灌县食品厂工作，16岁就担任了技术骨干及车间主任，并于1993年前往广东深造糕点制作技艺。如今，文斌手中还保留着一册当年的学习资料，上面记载了很多中式糕点的制作工艺，虽然因常年翻动，书角已破损，书页已泛黄，但文斌却极为珍视，如今，这本资料册已成为他家的传家宝了，时不时地，他就会拿出来翻阅并指导儿子文祥。

20世纪80年代，文斌开了自家的糕点作坊“文记糕点”，制作各种馅料的糕点，至此，文记糕点的芳香弥漫在都江堰的大街小巷，成为很多人舌尖上的难忘记忆。在很多人眼里，随着物质生活的不断丰富，人们很难找到儿时的味道以及从前的味觉记忆，但“文记糕点”还是从前的老味道。文斌表示：“这些年，我们的糕点一直沿着传统来，味道没有走样，只是外形愈来愈精致，口感越来越细腻。”

做了半辈子的手艺匠人，文斌在传承过程中，不断探索、改良配方，如今，他制作的糕点不仅满足了人们的口腹之欲，更是留住了人们的情感记忆。

揉搓装按炒擀切　把生活艺术化

看文斌现场制作糕点，无疑是一种美的享受，他左右手交替揉搓米粉，身子左右摆动，仿佛是在跳一曲优美的舞蹈。

比如制作核桃糕时，他首先取精制糯米粉揉搓，只见他把双手打开，左右交替，似在揉搓，又似抚摸。文斌说，食材也有调性，这道工序，是为了把糯米粉的“性子”给搓得柔软。食材在每个季节、每个时令的调性都不一样，特别是夏天和冬天反差极大。这或许是文斌和食材之间的秘密吧，他们互相传递情感，彼此依恋。没多久，糯米粉已经揉制好了，将其分成三份。一份加入调和好的核桃、芝麻粉，再经过反复揉搓，筛漏，目的是为了让做出来的糕点更柔软细滑、入口即化，而多少粉子该配多少比例的糖、馅料，则有严格的称重。之后就是装箱蒸煮了，以一层米粉垫底，铺平压实，将和好的芯子铺平在米粉底上，压平实，又在其上平铺第二次米粉，修平压实。上锅蒸煮约七八分钟，取出，反扣在案板上，以长尺宽刀把核桃糕切成小方块，一架核桃糕就打好了。

制作花生糖，则首先将糖和植物油反复炒制，再倒入一定比例的花生粒，用力炒制后，倒入平整的箱中，压实撵平，反扣于桌面上，切块晾凉，没凉透的花生酥有些黏牙，但可以拉出长长的糖丝。而凉透的花生酥，吃起来酥脆可口。

最妙的要数文斌制作绿豆糕了。一堆揉好的绿豆粉要装入模具中，模具是一块年深日久的木块，其上被凿出一个个小方块，最下面雕刻有花纹。别小看这装的过程，文祥虽也学习了几年，但装置时常常会多出一些绿豆粉。而文斌装置的时候，三个手指一撮，豆粉刚刚好，再用手掌按压一下就贴实了。而后，只见他左手端模具，右手持棍子，在模具头尾各敲一下，“啪”一声将模具倒扣在案板上，再用棍子使劲敲打中段，绿豆糕应声脱落，揭开模具，一个个印花绿豆糕排列整齐。整套动作一气呵成、自然流畅，如行云流水。这带有表演性质的制作方式，让人大饱眼福，临走时总要买些糕点，感觉才对得起手艺人的卖力演出。

中央厨房配送模式　做精品塑品牌

都江堰文记糕点铺开在太平街，集售卖、展示、制作于一体，传统的手工糕点搭配古色古香的装饰，经过了岁月的沉淀，这里的一切都经得起时间的检验。橱窗里，展示着各类原材料，有绿豆、花生和剥好的核桃仁。“所有原料，只要我可以制作的，就绝不买半成品。并且不用任何化学添加剂，手工糕点就是要原汁原味。”文斌告诉记者，鲜花饼中的玫瑰花原料都是他每年3月带领家人一起去玫瑰园亲自采摘的。

2017年，文记糕点注册了都江堰祥龙达文记食品有限责任公司，由儿子文祥负责，自此，也标志着文祥从他父亲文斌手中接过了接力棒。他不仅传承了手艺，还运用互联网思维，将糕点文化发扬光大。

2007年，文祥从部队退役后，经过考察，将文记糕点铺开到了成都市区繁华地段，一度达到10多家。但去年，他关掉了部分店铺，开始潜心做品牌。他表示：“做一家店就要做成精品店，不仅有好吃的糕点，更有深刻的文化内涵。”目前，文记糕点以中央厨房配送的方式设立五家直营店，其中四家在成都市区，常年供应核桃酥、绿豆糕、葱油饼、鲜花饼、花生糖等二三十种传统糕点。一家人明确分工，各司其职，将店铺经营得有声有色。

文记传统糕点作为都江堰地方特色产品还应邀亮相2017年联合国世界旅游组织第22届全体大会，受到国内外嘉宾一致好评。近两年，文记糕点开发了更加符合当今人们崇尚的营养、美容、食疗、休闲理念的系列礼品产品，成为馈赠亲友的理想选择。文祥说：“今年文记糕点申请成都市级非遗，希望以此为新的起点，把传统食品做成有时代感的产品。”

糕点对于喜欢美食的中国人来说无疑是具有特殊意义的。虽然时光更迭流转，往日一统江湖的中式糕点受到了西式糕点和创新糕点的冲击。但总有一些人会逆着时光去回溯、去追寻、去捡拾，最终留住这舌尖上的技艺。如若生活是眼前滚滚东去的岷江水，文记则化为涓涓细流，愿意慢一点，再慢一点，择一事终一生，专注于纯粹的技艺，追求精神上的丰盈充实。文记百年传承的不仅是古法技艺，更是漫长岁月逝去还依然坚守热爱的那一份初心。从文记糕点第五代传承人文祥身上，能看见文记糕点的未来。

一份老字号糕点，是儿时的记忆，是故乡的情怀，是生活的香甜，是历史的沉淀，是文化的传承……文记糕点将继续遵循手工制作方式，去留住人们的味觉记忆……

第五辑 新农人

一方水土养一方人。

都江堰这方水土灵动、丰饶，以博大、宽厚给她的儿女以滋养。

一步一个脚印。新农人挥汗如雨，乡村振兴满目新。

听，天府沃野欢歌响起……

张胡蓉：守着稻田梦

“火车跑得快，全靠车头带。”石羊镇广益社区党委书记张胡蓉身兼数职，不仅是社区的“大家长”，还是合作社的社长，更是田间地头的“服务员”。六月中旬，正是秧田管理的重要时期，她早上6点钟就起床灌秧田，9点准时出现在社区党群服务中心，黄昏时分她又出现在田间地头，忙到晚上十一二点是常事。问她为啥这么拼，张胡蓉笑笑说：“500亩稻田，寄托了社区200多户村民的希望，大家都盯到的，要做就要把它做好！”话音未落，她又扛起钉耙下田了。远去的背影单薄而倔强，如同她的故事，初初咀嚼时有辛酸，再次琢磨时品味出丝丝甘甜。

一腔孤勇搞承包

最近，张胡蓉喜欢上了陈奕迅的歌曲《孤勇者》，其中有几句歌词：“去吗，配吗，这褴褛的披风；战吗，战啊，以最卑微的梦。”她说，最早承包土地，完全是凭着一腔孤勇。

岁月返青，青春归位。

今年47岁的张胡蓉是广益社区本地人。高中毕业后回到家乡种地，结婚生子，丈夫在成都一家电力公司上班，自己在家带孩子，小日子过得平凡而温馨。张胡蓉说，她打开眼界是2007年进入社区后。2007年，她进入社区村委会当了一名普通的文书。身份转变了，站位不同了，想法也随之改变，她说当时只有一个念头，要学的东西很多，要抓住机会多学习。

先提高文凭，2009年，张胡蓉重拾书本报考了电大，2012年取得了大专文凭。在学习过程中，她意识到，生长于农村的自己，最终的出路仍然在农业。2013年，张胡蓉通过参加培训、学习，取得都江堰市农业职业经理人证书。同年，她从文书成长为村主任。多年来，村里的变化与不变带给她很深的触动：农民种田只能收回成本，很多年轻人都不愿意种地而出门打工，留下的老年人都没有气力种地了，这一难题如何破解？

搞承包，集中劳动力，成立合作社。张胡蓉决定做社区最早“吃螃蟹”的那个人，她挨家挨户上门征询村民意见，在部分村民的支持下，2013年底，她牵头的“集广水稻种植农民专业合作社”成立了，首批50多户村民采取资金和实物入股的方式加入合作社。集中起来的100多亩水稻田汇集到了张胡蓉手中，依靠专业服务和品质管理，让农户既有租金拿、又有工资挣是她的理想。

那几年，每位合作社成员家庭年收入增加两三千元。合作社申报了《2015年中央扶持农民合作社创新试点项目》，获上级扶持资金120万元，她全用来建设高标准农田基础建设。那时的她，踌躇满志！

跌入谷底再重生

连续几年有收益，张胡蓉的合作社也引来了市场的关注，2016年，成都一家公司找上门来，与张胡蓉签订协议，双方达成合作进行良种稻谷育种。张胡蓉也想趁着这股东风把合作社规模扩大，她再次承包200亩土地，种植规模扩张到300多亩。

那个夏天，张胡蓉日日精心守护在田边，守护着她的稻田梦。

在农村生活过的人大都知道农业的艰辛，三四月春寒料峭时就要下田育秧，五六月水稻抽穗扬花时节要守候灌水，八九月顶着秋老虎收割谷子。一滴汗水一颗米，整个过程不可谓不艰辛。有时候，人的工作做到了家，如果老天爷不作美，在抽穗扬花该出太阳的时候老下雨，就会导致产量下降，甚至颗粒无收。

2016 年的那个夏天，张胡蓉就遭遇到了老天爷的无情捶打。稻谷抽穗扬花时，老天爷天天下雨，最后导致颗粒无收。一年的心血付诸流水也就算了，可土地租金要付，前期赊的肥料钱要给，合计 20 多万的损失让张胡蓉叫天不应、哭地无门。那个夏天，与田地的一片荒凉形成对比的是，张胡蓉的内心杂草丛生。这么大的窟窿该怎么填？难过的时候，她恨不得就凭空消失，也萌生退意，实在不行，就把田退出去不种了。张胡蓉说，那段时间，焦头烂额的她内心经历了各种撕扯，头上的白发就是那时候冒出来的。

幸运地，当时下沉到社区当第一书记的周霖给予了张胡蓉很大鼓励，给她打气的同时，多方筹集资金助她渡过难关，一点点先把老百姓的地租付了，农药肥料钱慢慢给。“你想干就继续干！”家人的鼓励也给了张胡蓉莫大的信心，甩干泪和汗，她从谷底爬了出来。

希望和悲伤，都是一缕光。总有一天，扎根的日子会遇见阳光。

2017 年，张胡蓉重振旗鼓，调整思路，实施了稻田养鱼项目，得到了政府的大力支持，连续两年举办了农耕文化旅游节，打出了全镇乡村旅游的新名片，推动了全镇田园观光旅游业的发展。同年，与企业合作再争取特色项目建设资金 200 万元，用于社区基础设施建设，有力地提升了社区发展动力和品牌影响力。

那一年的丰收季节，满村都飘荡着鱼汤的鲜香，农民的笑声一浪高过一浪。那些打不倒我的，终将使我强大。张胡蓉又一次完成了人生的蜕变。

共同奔向致富路

人山人海是生存，翻山越岭才是生活。2018 年，张胡蓉取得成都市级农业高级职业经理人证书，2019 年，社区改选，张胡蓉以高票当选广益社区党委书记。

双重身份的张胡蓉，其影响力不可小觑。

2022 年春天，在张胡蓉的带动下，社区村民李丹结束多年的服装生意，回乡当起了“新农民”，承包了 80 亩田种起了水稻。吃过农业的苦，晓得农业的难，所以，张胡蓉毫无保留地将经验分享给李丹。一开春，她就提醒李丹预备种子，提前选购农药、化肥等，等秧子插好以后，她就叮嘱李丹要做好田间管理，做好施肥、灌水、锄草等。

2020 年开始，四川在全省范围内开展了“低效果木腾退项目”，张胡蓉说，早在几年前，她就鼓励村民陆续腾退低效果木，所以政府号召开始干的时候，广益社区已经领跑了一大截，群众的支持力度都很高。

如今，行走在广益社区，宽阔的村道四通八达，沟渠里的流水碧绿清亮，绿意盎然的稻田四周是炊烟袅袅的农家，房前屋后树木摇曳、竹影婆娑。良好的生态环境吸引了成群的白鹤栖息，不时可见它们振翅高飞的身影。眼前的景象令人忍不住赞叹：“好一派美田弥望的盛景。”

在广益社区，张胡蓉的威望很高，不仅是因为她脚踏实地搞农业，更是因为她处处为村民着想。有几位村民在合作社成立之初，就跟着张胡蓉一起干，不仅挣了一份工资，也实现了老有所为，所以在社区，一提起她，老百姓都竖大拇指。

张胡蓉的心头有一片稻海，稻海下是百姓丰收的镰刀，镰刀上有广益社区过去的锈痕，镰刀旁是科技化的机械设备，机械设备的摇杆上是广益社区欣欣向荣的未来。目前，张胡蓉正在筹集资金建立水稻仓储基地，实现收割、烘干、销售于一体，也正在与合作方洽谈，准备走品牌化包装销售道路，提升农产品的附加值。

种子一颗颗种下土，希望一波波吹进户。趟过了艰难，张胡蓉的眼中闪耀着自信的光芒，未来可期。

王凤生：种植猕猴桃有“真经”

种植猕猴桃，不仅是一项体力活，还是一门技术活，修枝、施肥、病虫害防治、疏花疏果这些过程，稍有不慎，就会导致猕猴桃产量、质量下降。在都江堰市猕猴桃科技示范园区仙果寨家庭农场，今年 48 岁的王凤生，勇于开拓、勤于钻研、善于学习、敢于“吃螃蟹”，率先参与到猕猴桃溃疡病的防控和猕猴桃设施栽培技术的研究中。他的果园年年结硕果，成为远近闻名的猕猴桃种植“状元”，同时他不忘带动村民增收致富，被人们称为“土专家”，获评 2021 年“都江堰工匠”。

敢为人先　用新技术攻克难题

走进仙果寨家庭农场，一排排纵横交错的白色雨棚格外醒目，棚内挺立的一根根钢筋杆、水泥杆整齐有序，一行行整齐的猕猴桃苗株攀爬在铁丝架上，呈双手交叉之势，从这头可看到几十米外的那一头。王凤生说，开花结果的时候，一行行果实垂挂，一眼望过去硕果累累，不仅便于田间管理，且还会形成一道道景观，吸引很多游客前来参观。

锄草、施肥、浇水、打农药，种植户们正在对猕猴桃进行“春管”。“春管是为了给猕猴桃的生长结果储备足够的能量。”王凤生说。同时他还不忘提醒大家，“大家的雨棚该换的换，该清洗的清洗下，以保证充足的光照哈。”

王凤生重点提到的“雨棚”，和他有着密切的关系，他是都江堰猕猴桃“避雨栽培”技术的开拓者和实践者。2013 年，随着猕猴桃种植规模的扩展，具有猕猴桃癌症之称的“溃疡病”也在园区悄然蔓延。溃疡病是猕猴桃毁灭性病害，传播快、易爆发，尚无特效药，是横在猕猴桃产业发展路上一块顽固的“绊脚石”。种植户头疼不已，叫苦连天。

早在 2011 年，王凤生就在都江堰市农业农村局和四川省农科院的支持下，先行先试，搭建起 4 亩避雨大棚。原本是为了提高猕猴桃产品品质和减少病虫害，没想到却因此成功地避开了溃疡病的发生。他告诉记者，“溃疡病的发生是因为低温冻害和雨水较多引起的。我们搭建大棚，相当于在猕猴桃头顶上打了一把伞，让其免受雨水的侵蚀。实践证明，避雨栽培猕猴桃控制溃疡病效果确实明显，让我们发展猕猴桃产业找到了出路。”

示范引领　带动村民增收致富

在王凤生的带领下，种植户们纷纷效仿，分享到了该项技术带来的红利。即使遭强冰雹袭击和较长时间低温阴雨天气的严峻考验，仙果寨家庭农场还是能将溃疡病害拒之门外，避雨栽培猕猴桃仍保持着正常生长、发育、开花、挂果。

种植户郭群芳就是该项技术的受益者，只是她的尝试之路要曲折一些。她讲述了 2017 年溃疡病暴发的场景：“当时，因为病虫害，树枝上到处流红水，树子逐渐死掉。第二年，我就将 4 亩地的红阳猕猴桃树全部锯完了，当时都觉得没希望了。”在王凤生的鼓励下，郭群芳决定“赌一把”，拿出本钱投资盖大棚。经过两年的逐渐恢复，2021 年，郭群芳的猕猴桃产量已提升至亩产 3000 斤左右，纯收入约 10 万元。如今，说起未来的发展，郭群芳笑意盈盈：“王凤生就是我们的技术指导员，大家有啥子问题找他就对了。在他的帮助下，大家都增收了。”

王凤生之所以得到种植户的信赖，是因为他的努力和热心，大家有目共睹。2005 年，都江堰市猕猴桃科技示范园区落户天马镇金胜社区，王凤生成为第一个“吃螃蟹”的本地农民，联合邻居、亲戚承包 20 亩果园，创办“仙果寨家庭农场”，之后拜师猕猴桃种植专家王明忠，潜心钻研技术。2010 年，果园正式投产，曾经取得了红阳猕猴桃亩产 5000 斤、亩产值 5 万元的优秀成绩，成为了远近闻名的猕猴桃种植状元。

因为名声在外，仙果寨家庭农场的红心猕猴桃也有了好身价。“大家来我们园区采摘猕猴桃，价位 18 元、15 元、12 元不等，所以大家的收入都很可观，种地有奔头。”王凤生告诉记者，2020 年，他的农场从全省一万多家农场中脱颖而出，被四川省农业科学院评为“现代农业科技示范农场”。

勇于创新　果粮套种土地升值

扎根土壤，勤于钻研，王凤生总结出的一整套猕猴桃溃疡病的防控方法和猕猴桃设施栽培技术，得到四川省农村科技发展中心专家的认可，认为该两项技术创新性、先进性、实用性强，建议进一步加大示范推广。2019 年 6 月，四川省农业农村厅组织全省猕猴桃专家、产区技术人员和业主在都江堰市召开四川猕猴桃产业发展技术研讨会，学习猕猴桃溃疡病防控经验，王凤生作为唯一农民技术员与行业权威专家同台，在大会上作报告进行经验交流。

从农民成长为专家，王凤生在开拓创新的道路上不停步。他说：“去年，会同省农科院，开展了砧木嫁接技术，目前该技术已经取得初步成功，增强了猕猴桃抗病性，下一步有望开始推广。”

在田间保持一定量的杂草，增强土壤的湿度和综合其酸碱度；多使用有机肥，减少化肥的使用，生产的猕猴桃更有机绿色；因地制宜，户外使用甩灌、大棚内使用滴灌带，控制湿度和温度；头年 12 月种下胡豆、莴笋、大白菜、土豆，试行粮果套种，让土地升值……扎根于土地的王凤生，对土地有着深深的眷恋之情。

对于获得 2021 年“都江堰工匠”的荣誉称号，王凤生说，下一步，在都江堰市农业农村局、四川省农科院的的大力支持和帮扶下，他还要多学习经验技术，多给其他种植户推广，为都江堰猕猴桃产业发展贡献自己的力量。

都江堰市猕猴桃协会会长晏志强这样评价王凤生：“他用近20年的时间，总结出了一整套实践经验，走出了一条现代农业发展的道路，值得学习和借鉴。”2月底，果园里的猕猴桃已经冒出了芽苞，再过一周就会返青。晏志强还表示，今年红心猕猴桃的出芽率非常高，目前整个四川的红心猕猴桃产区不多，能够种好高品质红心猕猴桃的产区更少。都江堰在这方面起了很好的带动效应，相信都江堰猕猴桃将迎来一个好年景。

张泽均：身残志坚勇创业

乡村振兴，人才是根本。产业兴旺，人才是保障。近年来，都江堰市猕猴桃产业保持良性发展，区域公共品牌价值不断提升，离不开一大批优秀的种植户和专家技术人才的努力，他们怀揣着对土地的深切情怀，于土地上求生存，在创新中谋发展。今年 39 岁的张泽均，身残志坚，承包了 20 亩土地种植猕猴桃，带动 10 多位残疾人齐创业，为 70 多人提供就业岗位，他靠着勤劳勇敢的精神，树立了乡村振兴人才的好榜样。

"站"起来　迈开大步创业

在都江堰市猕猴桃产业园，坐在记者面前的张泽均给人的第一印象很好，小伙子白白净净、精精神神。等他扶着手杖站起来，才显示出与众不同。

张泽均是猕猴桃产业园所在地天马镇金胜社区人。大专毕业后，2007 年开餐饮店，2008 年 4 月，因生意清淡，他关闭餐饮店到工厂打工，随后在"5·12"那场突如其来的大地震中，因腰椎受伤导致膝盖以下毫无知觉，一度站不起来。25 岁，人生中最美的青春时光。在经历了两三个月的绝望低谷之后，张泽均重燃生活的斗志，他不断地告诉自己，一定要站起来、走出去。

抛开面子，积极复健，站起来、走出去的张泽均在社区的帮扶下，在社区开了三年便民超市，累积了创业资金。2016 年，张泽均将目光瞄准了家乡的猕猴桃产业，坚持走农业创业路线。

“我观望了好几年，发现猕猴桃种植户都很有情怀。在政府的关心下，品牌也越做越好，作为农民的儿子，回到土地搞种植，心里也觉得分外踏实。”说干就干的张泽均一口气承包了 20 亩地。见他意志坚决，家里人也给予大力支持，平时锄草、浇水这些农活可以请工人干，疏果、套袋这些细致活，父母、妻子齐上阵。在一家人的齐心协力下，张泽均仅猕猴桃这一项收入每年就能达到 20 万元以上，勤劳致富，一家人已过上了小康生活。

树榜样　传递向上力量

创业不易，残疾人创业尤其不易。一路走来，张泽均说要感谢很多人！创业初期，都江堰市残联给予资金支持，市农业农村局提供技术指导，猕猴桃协会免费培训、免费提供仓储场地，发放公用品牌使用证等。张泽均说，他尤其感谢的要数师傅王凤生。

高级农技师、“都江堰工匠”王凤生，种植猕猴桃 20 多年，他积累了丰富的经验。本着传帮带的精神，他收张泽均为徒后，经常手把手指导。眼下时节，猕猴桃大棚内温度较高，他就对土壤保湿浇水给予指导。“高温天气，每株猕猴桃每天水分蒸发达到 30 斤，所以隔两三天就要浇一次水。一根枝条只能输送那么多营养，三个果实一斤和五个果实一斤虽然重量相等，但大果价格会卖得更高。”师傅的悉心教导，张泽均都一一记在心上，默默在心底储存能量。

这些年，张泽均把社会给予的温暖化作一道道光，照亮他人。起初，他成立合作社，吸纳了 10 多位残疾人加入，共享资源，共同寻求发展。村民向德成手部残疾，在张泽均的带动下，去年种植猕猴桃的收入就达到 15 万元左右。向德成告诉记者：“张泽均脑子活、想法多，他成立合作社后，经常邀请专家到田间地头作指导，技术有保障，收成好了，我们的收入也上去了。”

为了树立品牌，进一步提高猕猴桃品质，2020 年，张泽均获批挂牌成立了“都江堰市好爸爸家庭农场”，目前正在争创成都市级家庭农场。今年2月，“穗鑫猕”注册商标获得国家知识产权局批准。产业做大了，公益组织也主动上门帮扶了。去年，德亚道和橙爱公益爱心帮组织通过直播带货，帮助张泽均销售猕猴桃2万多斤。

“乡村振兴永远在路上。无论现在还是以后，产业兴旺都是乡村振兴的重点之一。我们要围绕产业兴旺这个目标，不仅要引进实干和开拓精神的优秀人才，更要培养一大批脚踏实地、勤耕土地的本土人才，依靠这些优秀的人才来引领，培育并发展好特色产业、优质产业，这样才能让乡村振兴的战略真正落地落实。”都江堰市农业农村局负责人表示。

王甫江：乡村振兴“急先锋”

乡村振兴，关键是产业要振兴！都江堰市强农猕猴桃种植农民专业合作社理事长王甫江，依托合作社走产业集约化发展道路，不仅请专家提供技术支撑，还走品牌化销售道路，且更进一步探索种植模式，推动传统农业向现代农业转型。

返乡创业加油干

说起自己的返乡创业经历，王甫江笑笑说，那都是十多年前的事儿了。48岁的王甫江，是聚源镇普星社区人，早些年，开过装饰公司，搞过销售，走南闯北，见识广阔。2009年，都江堰猕猴桃发展势头强劲，通过两年时间的观察，他意识到，走猕猴桃种植发展道路是不错的方向。2011年11月，在猕猴桃种植户的积极参与下，都江堰市强农猕猴桃农民专业合作社挂牌成立，经营范围为猕猴桃、水稻、油菜、蔬菜等。之所以将合作社取名为“强农”，王甫江说，就是想将农业做大做强。

走合作社发展道路，到底能为老百姓带来怎样的发展呢？王甫江说，合作社采取“股东+社员”的生产管理方式，形成了产、供、销一条龙的经营模式，合作社实行统一管理培训，统一供应生产资料，统一技术服务，统一销售，解决了农户种植猕猴桃、水稻和油菜的后顾之忧，保证了产品的质量和效益。合作社充分认识到品质对产品的重要性，聘请成都市农发局和都江堰市农发局知名专家作为合作社的技术人员，同时合作社常年固定有20多名专业管理人员，深入到田间，从规划建园、科学栽培、季节管理、病虫害防治等方面精心管理，以提高合作社农产品的品质。

多年的销售经历让王甫江很有品牌意识。早在2010年，他就在猕猴桃外包装上面打出了“都江堰猕猴桃”六个大字。2014年开始，“都江堰猕猴桃”作为特色品牌开始向外界作整体推广。产业、行业相互促进，共同发展。截至目前，强农合作社成员已达100多户，猕猴桃种植面积达到800余亩，水稻、油菜种植面积700余亩。

产业环境共提升

夏日某上午，记者跟随王甫江来到普星社区猕猴桃种植基地，只见基地内猕猴桃套种模式成熟，社员们将土地利用最大化，猕猴桃地里不仅套种有玉米、大豆，还有柑橘、辣椒、韭菜等，甚至有丝瓜攀爬上架，开出朵朵黄色的花，形成了一道道美景。

村民杨科林是最早加入合作社的成员之一，他家种植有五亩红心猕猴桃，全采用自然栽培模式，果子不套袋，阳光更充沛，“接受阳光雨露自然生长的猕猴桃，表面比较粗糙，且表皮上还有风吹时相互碰撞的痕迹，虽然表面不好看，但甜度更甜，口感更好。”杨科林告诉记者，这些年，每年从猕猴桃“春管”到采摘销售，王甫江都从头照顾到尾，他的几亩地每年收益都有六七万元。

30岁的周仁贵在“5·12”汶川大地震中失去双腿，在王甫江的鼓励和帮扶下，周仁贵自强不息，如今种植猕猴桃近15亩。还有20天左右即将迎来猕猴桃的采摘期，联系经销商，邀请网络直播达人带货，定制包装箱等，最近，王甫江格外忙碌。往年，周仁贵自己联系快递，今年，他准备全部委托合作社。周仁贵告诉记者：“由合作社统一联系，统一发货，每单可节省成本1~2元，按照销售1万单计算，在成本这块就可以节省近2万元。”据悉，早在7月底，王甫江就联系了上海经销商到基地考察，客户对今年猕猴桃的品质予以认可，今年价格比去年每斤提升0.5元。

未来农业发展方向，还应该向观光农业发展。王甫江意识到这一点，2018年，他向都江堰市农业农村局申请了产业化发展财政补助项目，政府出资30%提供基础材料，村民以投工投劳的方式参与改建，如今基地共修建2条2米宽生产道路450米，1米宽观光道路1700米。据介绍，在2020年疫情以前，依托社区旅游集中观光点，每天约有2000名游客来到田间，领略大田风光，采摘丰收果实。

“栽下梧桐树，引来凤来栖。”成都人黄蜀冬2017年在基地内流转42亩土地种植猕猴桃，建立标准化种植大棚，使用滴灌技术，聘请专人管理，科学的种植和管理方式也给周边的种植户起了很好的示范带动作用。杨科林参观完大棚种植后表示，未来他会尽量筹集资金建大棚，实行猕猴桃避雨栽培技术，虽然一次性投入较大，但从长远来看，这是增产增效的好方式。

节本增效提能级

节约成本、提高效率一直是广大农业种植人追求的目标，也是农业数字化进程中的必由之路。王甫江一直在探索农业种植新模式。去年，他采取了精播机技术直播油菜苗，播种时就留出株距和间距，后期不需要再移栽。王甫江给记者算了一笔账，一亩油菜地育苗成本100元，移栽240元，如果采用直播的方式，就可以每亩节省260元，成本转化为经济效益，充分节能增效。今年，王甫江引进四川省农业科学院水稻高粱研究所培育的“德粳4号”，试种10亩，同样采取直播的方式。王甫江介绍，直播省工省力，把水稻育芽直接播种于大田，简便了事，无需育秧、拔秧、运秧、插秧等繁琐的劳动。直播与育插秧比，每亩节约用工成本3个，而且把极其辛苦的插秧劳动变成了休闲式的撒种劳动，大大减轻了劳动强度。直播秧苗稻谷还能提早成熟，直播无栽插后的返青期，易早生快发，够苗早，有利早熟，成熟期一般比手插秧提早5天左右，有利于抢时播种下茬作物。

站在青青的禾田旁，王甫江扯起一根稻苗仔细端详，第一次试种，所以他严格按照专家指导记录水稻生长情况。“这批水稻是5月25日种下的，该品种全生育期132.7天，是中熟品种。如果温度高，还将加速水稻的成熟。”

自己先行先试，自己先走先闯，逐渐带动一批、影响一批。王甫江表示，目前，他准备在聚源镇筹备建立中化农业技术服务中心，将为本市广大种植户提供农业生产所需要的技术和优质的农资产品。“让传统农业向现代农业转型，实现节本增效，提高产业发展。”王甫江表示，他将在农业产业发展道路上不断探索。

兰由兵：耕耘“田园梦”

7 月中旬，田间稻谷抽穗扬花，作为一个种庄稼的“老把式”，兰由兵说田间管理还需要灌一次水施一次药，才能安心静候收成。尽管是农机耕作的“淡季”，但跟合作社社员讨论安全生产知识，检修保养机器，接洽业务，一上午，兰由兵就没有一刻闲暇。从农机手到一个种植千亩稻田的种植大户，兰由兵始终耕耘在田间，不断实现他的“田园梦”。

带头推动农业机械化

47 岁的兰由兵，是天马镇金陵社区人，作为土生土长的农民，高中毕业之后的他回到家乡，试图改变生产力落后的现状。1995 年，他从外地购买了一辆二手手扶拖拉机，从此当上了从事农业机械化作业的职业经理人。

“当时，这辆拖拉机只是半自动化，人工割谷后喂入机械进行脱粒。”第一辆二手拖拉机早已被淘汰，兰由兵挣点钱就不断添置机具。2009 年，兰由兵牵头，20 多位社员积极参与，都江堰市聚力荣农机作业农民专业合作社成立。社员们以物资（农机具）、技术（农机手）两种方式入股，如今，合作社拥有收割机、拖拉机、播种机、插秧机、育苗机等机具 32 台，总价值 300 多万元。

都江堰市大力推行高标准农田建设，合理引导农业服务主体加快高效植保、产地烘干、秸秆处理等环节与耕种收环节机械化集成配套。去年，通过提升农机社会化服务能力，推广先进适用新型农机，探索推进“高标准农田+农机作业”等途径，大力加快农业机械化和农机装备升级，农业机械化实现全程高质高效发展，水稻耕种收综合机械化率达88%，兰由兵所在的聚力荣农机作业合作社业务范围也在不断扩大。

据介绍，聚力荣合作社业务不仅辐射成都周边青白江、崇州、眉山、彭州、新津等地，且还跨区域作业，远至广东、广西、陕西、云南等地。说起合作社“聚力荣”名称的由来，兰由兵笑着告诉记者：“汇聚更多力量，大家一起开开心心搞农业，挣了钱大家都感到光荣。”

做千亩稻田的“守望者”

有农机在手，兰由兵筹划着更大的事情，流转土地实行规模化种植。从2007年起，流转土地50亩、200亩、800亩，直至2022年的1300余亩，兰由兵说加上今年为企业实施托管的稻田，今年的水稻种植面积已达到3000亩。

与农业打了半辈子交道的兰由兵，说起做农业的初衷，他说就只有简单的两个字：热爱！热爱农业、热爱土地。勤劳的人总不愁没有饭吃。兰由兵靠着一股钻劲，凭着一股韧劲，带着一颗诚心，克服一个又一个困难，撑起了脱贫致富的梦想，实现了种粮大户的蜕变。

兰由兵的这份热爱也感染了周边村民。从2021年开始，聚源镇笆桥社区开始清退草坪地，曾经，老百姓依赖于外出打工而草率地将地租给商户种植草皮。清退草坪地的过程中，遇到不理解的老百姓，兰由兵就掰着指头给他们算一笔“土地账”，让村民了解土地被破坏的危害性，以及国家实施耕地“非粮化”战略的重要性，在他的积极推动下，笆桥社区的草坪清退工作得以顺利实施。今年夏季，兰由兵在聚源镇笆桥社区的种植面积也由原来的800余亩达到1300余亩，良田变粮田，兰由兵的脸上笑意盈盈。

有专业的机械化设备，再加上几十年的种植经验，四川修治堂药业也将石羊镇竹瓦社区稻芎轮作近2000亩稻田交由兰由兵托管。考虑到稻芎轮作时节的重要性，兰由兵挑选了130天生长期的“桂朝”品种。今年，他自己稻田里种植的是“深良优1177”“泰优808”等品种，具有产量高、米质好的特点。“预计亩产将达到550公斤。”站在希望的田野上，兰由兵信心满满。

示范引领走品牌化道路

从农机手到种植大户，兰由兵成长为都江堰市农业职业经理人，他还有一个引以为豪的身份：共产党员。2006年加入中国共产党，兰由兵说，这么多年，他就一个简单的愿望——起好示范引领带头作用，带动村民增收致富。

合作社社员党仁权是最早加入合作社的社员之一，从曾经入伙时的1台机器到如今的9台机器，党仁权说，“这些年，在兰由兵的带领下，合作社不断发展壮大，他负责合作社的业务洽谈、农机保养、安全培训等，社员们都很信任他，有社员年收入能达到20万元左右。”

机械化生产，安全最重要。兰由兵介绍，每年，他不仅组织农机手参加市农业农村局举办的安全生产培训，合作社内部也要组织培训，安全生产、高时高效两手抓。每年的3月至11月底，都是合作社的忙碌时段，采访期间，兰由兵业务电话不断。目前，已有社员前往广西收割黄谷。近两年，合作社社员耕种收割面积达到2万亩以上。

谈起今后的发展，兰由兵说，他正在与成都市品牌农业协会洽谈，期待将农业产品包装走品牌化发展道路。“农业虽然是传统行业，但永远不会过时，如今的惠农政策这么好，随着乡村振兴战略的全面推进，新型职业——农民，一定能成为有吸引力的职业，在这片充满希望的田野上，我相信自己可以大展拳脚、大有可为。”望向远方，兰由兵坚定的眼神中闪烁着光芒。

任滔、李洁：把小盆景做成大事业

“有责任有担当，青春才会闪光。”在石羊镇广益社区，33岁、32岁的任滔、李洁夫妻俩扎根乡村，历经10年发展，把一个人的淘宝店铺做到了50人左右的团队，把都江堰的小微盆景卖到了全国各地，且吸引了一批20多岁的年轻人加入。拍短视频、开直播，目前淘宝高颜值盆花店铺排名第五。这对年轻的夫妻俩是怎样一步一步走到了今天？他们的身上，有着当代年轻人的哪些闪光点？

夫妻目标一致朝前奔

6月6日下午时分，室外温度29摄氏度左右，大棚内的温度已高达35摄氏度。任滔在户外走动，在三个大棚间巡视，不一会儿就汗流浃背了。目前，盆景基地已经扩展到十多亩，分为培植、展示、包装三个大棚。“基地发展到今天，必须一个主内、一个主外。大家分工明晰、合作有序，朝着一个共同的目标努力。”任滔笑着说。

“把产业做大，多赚钱。”曾经，这是任滔、李洁夫妻俩的普通愿望。可基地发展到今天，两人身上还多了一份沉甸甸的责任，任滔的话语非常接地气：“现在基地有这么多人，总要让大家有事情做，不能让他们回去耍噻。”

没有任何一条创业的路是平坦的，任滔、李洁也不例外。李洁是90后，2009年高中毕业后，从事过多种行业，一个偶然的机会，她在淘宝开了一家网店，当初只是把它当作一项业务爱好，“与大家分享好物，挣点零花钱”。2013年，网店开始走上正轨，随着家庭责任的加重，李洁把网店作为事业来经营，而在外打工的任滔也辞职回家跟着老婆一起干。当时，夫妻二人除了对盆景的日常打理外，还都自学电脑，进行照片剪辑、视频上传等，二人每天忙得恨不得一天当成两天用，靠着吃苦耐劳、踏实肯干，如今，夫妻二人已熟练掌握从生产到销售的全流程工作。

从2021年开始，直播平台红火之后，任滔、李洁二人就谁去直播带货商量了好一阵。“我们的小微盆景面向的是30～45岁的消费群体。”最终，还是决定由沟通能力强的李洁担任“门面”工作，每天下午和晚上，李洁有两个时段的固定直播。面对直播镜头，李洁从容而淡定，从产品推介到养护过程，她都很有心得，目前淘宝直播粉丝量达到10多万。

品质佳服务优生意火

在创业的过程中，李洁抓住了市场风向标，曾经是看什么好就销售什么，但近几年，李洁将店铺定位在“都江堰川派小微盆景”上面，因她独到的眼光，店铺“老爹家的菖蒲”淘宝高颜值盆花店铺排名第五。“都江堰川派盆景，具有悠久的历史文化底蕴，而小微盆景虬曲多姿的骨感美吸引了很多消费者。”目前，基地培育有罗汉、金弹子、六月雪、米竹、小叶紫檀、菖蒲等七八十个品种。

在盆景基地，一边是静悄悄的生长大棚，一边是快节奏的打包现场，一“慢”一“快”形成强烈的反差，但是又和谐统一。“我们的销量一直稳中向好，靠的是品质和服务。”任滔坦言，10年间，和他同期的很多电商都消亡了，而他能坚持到今天且越做越好，靠的是一步一个脚印，凭着品质和服务去打动顾客。所以，在培植大棚，我们可以看到生长四五年的各种植物。而为了保证成活率，从培植到翻盆展示上架，一般都需经过三个月的适应生长周期。“我们要保证顾客收货后的成活率达到99%以上。”

为了增加顾客的养护知识，每株植物上面都挂有二维码标签，只需扫一扫就能轻松掌握养护要点。而一旦接单，就要保证高效快捷的售后服务，所以在包装大棚内，打包、装箱、发货、运输，到处都是他们忙碌的身影，耳边不时传来塑料胶带的“撕拉”声和机器称重的播报声。

年轻人为乡村添活力

“几年前，我在基地是年龄最小的，这两年，我都快变成年龄最大的啰。”李洁笑着告诉记者，基地分为临时用工和长期用工，固定员工40人左右，21~28岁占三分之二，30~35岁占三分之一，且大学生比例占到了四分之一。

基地是如何吸引了一批年轻人的加入呢？大家都说，因为就近解决了劳动力务工需求。本村村民邓春梅今年30岁，她在基地打工快满三年了，“在家门口打工，既照顾了孩子和家里，且每个月收入都在4000元钱往上，所以感觉还比较理想。”

乡村的广阔发展前景，也吸引了一批有知识有文化的年轻人加入。家住市区奎光塔街道安顺社区的何陈兴，每天驱车几十公里从市区到乡下上班，他说乐在其中，“我本身是搞摄影的，每天在基地拍小视频、发抖音等，既是兴趣所在，也是价值体现。再加上把都江堰的川派小微盆景推广到全国各地，为都江堰文化推广、经济发展做了贡献，也非常有成就感。”

不忘初心正青春，整理行装再出发。对于未来，任滔、李洁夫妻俩还有更大的愿景：吸引更多的青年人加入到团队中，一起助力乡村振兴，走上共同富裕发展道路。

第六辑 工 匠

别人给你的，终究是俯视的怜悯；自己举起的，才是抬头仰望的自尊。

那位女子，用坚韧做丝线，缝合了青春的伤；再用爱心为经纬，把都江堰文化元素穿在身上。

十指翻飞，炒出扑鼻茶香，千年古道旁，那株山茶花还在静静等候马铃声响。

杨碧茹：衣服是一种语言

2021 年 1 月 10 日，都江堰市表彰大会在市委礼堂隆重举行，以最高礼遇向全市各行各业、各条战线涌现出的先进集体、先进个人致敬。杨碧茹获得“都江堰市工匠”荣誉称号，身披绶带、手举奖杯的她脸上洋溢着笑容，发朋友圈说这是最幸福的一天。

一头时尚的短发，一年四季身着干练的套装，自信优雅为自家产品代言，一年 365 天有 360 天都在工作的杨碧茹，俨然就是行走的时尚达人。白天，她曾经历的坎坷被旗袍、羊绒大衣的柔软给掩藏起来，只有在夜晚，偶尔抚摸残缺的左腿时，往事才慢慢浮现。时光虽飞逝，可 30 年来的每一步都是深深的积淀。

生之艰

20 世纪 70 年代初，杨碧茹出生在都江堰市聚源镇土桥乡下，因为在家中排行老三，所以熟悉她的人都叫她“杨三妹”。几十年来，虽然年龄上她从三妹升级为三姐、三孃，但随着被更多的人熟知，她还是以“三妹”自称。

曾经的土桥是建制乡，如今，它只是一个地名，两条老街，逢场天，熙熙攘攘的人流、买卖吆喝的声音，都可以窥见小乡镇曾经的热闹。

在三妹的记忆中，曾祖父、爷爷都会做衣服。小时候，她放学回家就趴在八仙桌前帮爷爷缝皮袄、钉盘扣、熨衣服。由于受当时社会经济发展所限，爷爷也只有在逢年过节的时候才能接几单生意。“那时候，熨衣服没有电熨斗，只在搪瓷缸里放几块桴炭儿，充当熨斗。一次，爷爷嘴里包一大口水，准备喷在布料上，没想到，方向偏了，一口水全喷在烧红的桴炭儿上，桴炭儿扬起的灰尘，全扑在了爷爷的脸上，爷爷顿时变成了一只花脸猫。”说起过往，三妹嘴角含笑。这是她童年记忆里难得的明媚色彩。

不幸总是来得猝不及防！

年少的三妹非常懂事。母亲身体不好，放学回家，她主动承担了捡柴、割猪草等家务活，还经常去家附近的酒厂捡桴炭儿。许是长期负重加上营养不良，小学三年级下学期，三妹的右腿开始疼痛，起初大家都没在意。随着疼痛的加剧，父母带着她四处求医问药，却久久查不出病因。12 岁那年，三妹因右腿股骨头坏死落下了终身残疾，从此走路一瘸一拐。

断断续续的治病、休学，17 岁时三妹才上初一，可身体的残疾屡屡惹来同学们的嘲笑，天性倔强的她在大哭一场后退学了。没能继续求学，这成为三妹一辈子的遗憾。

地摊上的创业路

身体的残缺让三妹比常人更坚韧。退学之后，她远赴青海跟姑姑学习裁缝。1989 年，18 岁的三妹开始了她的创业之路——摆地摊。

“摆地摊”，简单的三个字道出了日晒雨淋的艰辛，也有着朝不保夕的窘境。三妹最初的摆摊点，是在土桥乡一户商店的阶沿上。这家店主的女儿是三妹的小学同学，姓张，她同情三妹的遭遇，所以主动相邀。这份情谊被三妹一直记到现在。当时的土桥乡，完全和土桥这个名字相映衬，狭窄的一条土路，几家卖百货、理发的小店排在路两边，就构成了一个场镇。每逢 3、6、9 的赶场天，三妹就在街头摆摊。所接的多是缝缝补补的小生意，收入也多是两毛、五毛的角票。晴天一身灰、雨天一身泥是三妹的常态。

等生意上门，很被动。一段时间之后，三妹主动去乡户人家收布料。一个冬天的傍晚，三妹收完布料骑自行车回家时天已黑尽，偏偏天空又下起了大雨，自行车链条还脱落了。在漆黑的寒夜中，三妹推着自行车深一脚浅一脚地往家走。3 公里的回家路，走了近两个小时。泪水和雨水混合在一起，将她整个人浇透了。

有人说：落在一个人一生中的雪，我们不能全部看见。每个人都在自己的生命中，孤独地过冬。而三妹生命中的落雪，都被她一一接住并默默消化。不过，尤为让三妹有成就感的是，在帮别人做衣服时，她常常会加入自己的设计理念，添个花边、缝个口袋等。好手艺加上亲和力，为她赢来了良好的口碑和好人缘。这也为她后来的创业打下了基础，树立了信心。

一个关于旗袍的梦

一路打拼，从摆地摊到 20 平方米、50 平方米的小作坊，再到如今拥有 200 多平方米的两家店铺。这些年，三妹的足迹遍布广州、深圳、北京、上海等地，不断地学习和体验，这让她始终保持着对时尚、对美的敏锐。

三妹的飘逸服饰位于都江堰市繁华的华夏广场金玉路，整洁明亮的橱窗、色泽明艳的服饰、精致典雅的搭配，让整个环境明亮通透又不失柔美情致。顾客对镜自照，试穿衣服是否妥帖时，该搭配怎样的发型、鞋子等，三妹都会给出中肯的建议。看顾客试衣满意，三妹也笑靥如花。从一件衣服里找到自信，走起路来脚步铿锵，这是三妹一直保持的初心。这恰如张爱玲在《更衣记》中说："衣服是一种言语，随身带着一种袖珍戏剧。贴身的环境——那就是衣服，我们各人住在各人的衣服里。"

三妹是一个爱美的人。在她看来，旗袍最能展现中国女性的婉约、精致，所以她内心一直装着一个关于旗袍的绮丽之梦。2006 年 5 月，成都蜀绣经国务院批准列入第一批国家级非物质文化遗产名录，三妹有了把蜀绣融入自己作品中的想法。她多方查阅资料、找资深绣娘谈合作，在不断的尝试中，蜀绣融入改良旗袍试验成功，每年接单婚礼定制旗袍就达几十件。

“旗袍讲究穿着者身材的凹凸有致，集典雅大方、温柔性感于一体。融入蜀绣，在旗袍上采用蚕丝线绣出花纹图案，其明丽清秀的色彩和精湛细腻的针法形成了自身的独特韵味，两者相得益彰，既有时尚感，又有文化底蕴，真正做到了飘逸出尘。”三妹店内显眼位置摆放着一套大红色的蜀绣中式喜服，喜服正面绣满了缠枝花纹，有着龙凤呈祥的美好寓意。婚礼隆重的仪式感，一定会给以后庸常的烟火日注入温暖。

从裁缝到匠人，三妹走过了30多个年头。她早练就了一双“火眼金睛”，根据顾客的身材、职业、个性来搭配服装，她心中有数。看三妹裁剪衣服、缝盘扣是一件非常享受的事，只见她比好尺寸，用画粉在面料上做好标记，一手按住布料的边缘，一手紧握剪刀，只听得“咔嚓、咔嚓”声响，两三分钟一件衣服便裁剪完毕。再看她缝盘扣，只见针线在空中飞舞，缝针、打结、剪线，整个过程干净、利落如行云流水般。一件中式旗袍有了盘扣作装饰，就增添了古典韵味。

三妹提到最多的一个词就是“工匠精神”，工匠精神的基本内涵包括敬业、精益、专注、创新等内容。正是靠着不断的追求和进步，这些年她的梦想逐渐照进现实：注册了“飘逸服饰”商标，在抖音上示范剪裁、缝盘扣、制作玫瑰花等。三妹不断地创造美、传播美。从上午9点到晚上8点，三妹从早到晚都在店里，随时看到她都是一副精神抖擞的样子。她常说的一句话是：“工作使我快乐。”

既温柔又美好

三妹的吃苦耐劳让家人过上了衣食无忧的生活，她还免费开设公益课堂传授裁剪技艺。一路走来，三妹得到很多爱心人士的热忱帮助，她也深知作为一名残疾人的艰辛，所以，事业成功之后她把更多的目光投向了弱势群体。捐资助学，为特殊孩子做心理辅导等，三妹向社会传递了更多的爱和温暖。

2019年，三妹加入了都江堰市女企业家协会，并连续两年作为赞助商为都江堰市千人旗袍秀活动提供旗袍。三妹的私人定制旗袍展示了都江堰文化气质，山、水、道、熊猫文化的融入让大家看到了都江堰文化内涵的不同展示方式。

从摆地摊的小裁缝到工匠，三妹靠实力和魅力赢得了更多尊重。谈到未来和梦想，三妹说她想要写一本书，把自己 30 多年来的创业历程与裁剪技艺与更多人分享。而她最大的梦想是：把都江堰的特色文化元素融入自己的服装设计理念中，让更多的人把都江堰文化元素“穿”在身上，让更多的人了解这座城市，让更多的女性遇见更加美好的自己！

王小琴：溪谷茶芳秉匠心

十多年前，她从一名教师转身变成了一位新农人，扎根荒山勤勤恳恳种植茶园，探索“公司+农户+业主”等合作经营模式，助力乡村增收致富；十年间，她埋首制茶、研茶、开发产品，传承研发的“灵岩珍眉”茶品融合了深厚的历史文化，将都江堰茶品牌推上了一个新台阶；同时，她还注重文化传承，收集、整理、编写了“中国茶三字经”，著有《茶马记忆》《走向世界的青城山茶》，让茶成为都江堰农旅融合的一张特色名片。在王小琴身上，我们看到了更多的可能，这位美丽的女子，如茶一样清香，汇聚着新时代巾帼风采！

探索产业新模式　建设乡村谋发展

春日里，在茶溪谷1200亩茶园里，枝丫绽出新绿，撩拨着所有爱茶人的心。一群身着蓝花衣服的漂亮姑娘，穿梭在垄垄茶行间，采摘春天的嫩芽，用新火制一杯新茶。在茶园深深呼吸，品味大自然的绿意，清香袭来，自然舒适。有谁会想到，今天绿意葱茏的茶山，在十多年前还是一片荒山呢？是谁让荒山变了模样？

时间要回溯到2008年汶川大地震后，像许多热心的青年志愿者一样，原本在一所大学担任教师的王小琴，从外地赶到都江堰投入抗震救灾，参加援建。待了两三个月后，跟老百姓产生了感情，看着一张张熟悉的面孔，王小琴当时就想，是不是要留下来和大家共克时艰？一次协助都江堰企业赴上海开展推介的机会，让王小琴坚定了决心。“当时，我们去上海推介猕猴桃，来自都江堰的猕猴桃因为品质优良、口感醇厚，受到上海市民的欢迎，也让我看到了更多可能，留在都江堰发展农业或许也是不错的选择。”

“好山好水出好茶”。王小琴把目标瞄准了都江堰的茶产业，她在向峨的山谷间，承包了一大片荒山种植茶树，创办茶溪谷家庭农场，吸纳本地村民就业，率先探索推出了“大园区·小业主”“田间股份制”“公司+农户+业主”等合作经营模式，将1200亩荒山荒滩变成了如今的茶海青山。目前，茶溪谷家庭农场已成为产业互动、农旅相融的“休闲农业与创意农业”“女性创业创新”乡村振兴典范，带动了茶产业规模发展和当地农民增收致富，取得显著成效。

激发乡村新动能　振兴乡村拓思路

如何让茶文化和都江堰本土的山水文化、道文化以及熊猫文化相融合，走农商文旅体融合发展道路，王小琴一直在探索。

潜心制茶十多年，王小琴深深知道，好产品配上好故事才能提升其附加值。她苦心钻研茶艺，掌握制茶的各个流程，将传统的制茶工艺结合都江堰道家制茶秘法，融入现代元素，创造了独特的32道制茶工艺。其用心研发、生产的“贡品道茶”“灌州黑茶”“贡茶”等系列产品多次获得世博会和国际国内“金奖”。

2022年，王小琴还主导研发了“灵岩珍眉”茶系列，以“灵岩”二字为茶命名，其中还有段故事。在都江堰市西北角的灵岩山有座灵岩寺，1945年春，灵岩寺主持传西法师邀请李源澄来此创办灵岩书院，邀请冯友兰、钱穆、蒙文通等大师来此避暑读书，邀请川北大德袁焕仙在此闭关，邀请好友南怀瑾来此游玩。灵岩书院清新的办学理念，自由的讲学风气，名震一时。传西法师曾在浙江灵隐寺待过，有一手制茶的绝技，善做红、绿茶。当时书院有学生得到他的传授，又互相传习，于是大家都学会了制茶。产茶期间，下午的书院几乎成了制茶作坊，书院师生全都养成了喝茶的习惯。这段历史如今被记载在灵岩书院。传承灵岩茶，研发“灵岩珍眉”，王小琴潜心拜师学艺，专注于制茶技艺，孜孜不倦地追求制茶技艺的精进与传承。经过近半年的时间，反复制作、创新，成功研制出了“灵岩珍眉”绿茶、红茶悦山、空山、见山、望山等五大系列，产品一经上市，便受到消费者的青睐。王小琴表示，希望以茶为媒介，提升农业综合效益，激发乡村多元价值，为都江堰市构建世界遗产山水文旅新城助力。

同时，王小琴还专心致力于茶文化及茶艺茶道，用了两年多时间收集、整理、挖掘、编撰了“中国茶三字经”一书，成为了独特的文创产品，更通俗易懂地让广大爱茶之人了解、传承中国源远流长的茶文化。先后著有并发表了《茶马记忆》《走向世界的青城山茶》等茶文化相关文章及茶专业性文章。她还建立了王小琴茶艺茶道工作室，组织开展茶艺茶道培训课程，长期走进学校，走进社区讲授传承。

王小琴的努力付出被更多的人认可，她本人也获得了全国最美林业故事人物、四川省三八红旗手、四川省巾帼建功标兵、四川省家庭工作先进个人、四川省川茶金花、成都市劳动模范、成都市工匠、成都市妇联十佳返乡创业女带头人等荣誉，担任都江堰市第十六届政协常务委员、成都市女创联盟总召集人、都江堰市妇联兼职副主席、都江堰市工商联兼职副主席等职务，绽放着如茶一样的芬芳服务于社会！

茶产业作为都江堰特色文旅产业，在乡村振兴中发挥着重要作用。王小琴表示，下一步她还将把茶溪谷打造为全茶产业链的“农商文旅体养教”综合型主题园区。“人不负青山，青山定不负人”，助力乡村振兴，彰显“绿水青山就是金山银山”的魅力，带领村民走共同富裕发展道路，让更多游客来到都江堰，体验“望得见山，看得见水，记得住乡愁”的美丽乡村！

黄　英：茶中问道，艺传后生

温杯洁具、投茶、冲泡、分茶、奉茶……黄英泡茶有一整套动作礼仪。她动作轻柔、外表沉静，在茶香氤氲间，喝茶人的心灵霎时回归宁静；而在给学子们传道授业时，黄英是活泼的、生动的，跋山涉水找来茶树叶，带领学子亲临茶园，感受天地万物的馈赠；研习茶学、尝试制茶、传播茶文化，奔走在山野间的她又是坚韧和充满力量的。

黄英，都江堰市职业中学教师，茶艺高级技师，成都市黄英茶艺技能大师工作室领衔人，2021 年“都江堰工匠”获得者。她说，荣誉是对过往成绩的肯定，更是对今后工作的鞭策，她将继续用一个爱茶人的精神，登高行远。

秉持茶心　让每一片茶叶说话

在都江堰市职业中学校园内的学生茶艺练习基地，同时挂牌的还有成都市黄英茶艺技能大师工作室、问道茶社。高级茶艺师表演茶道，会是怎样的情形呢？记者充满了好奇。

茶席上一张乌金石茶盘、一套深蓝色茶具，古琴音起，让人走进了清新典雅的意境。黄英神态温柔，看准汤水滚珠后，拨红茶于茶壶中，随后烫盏、冲泡，经素手翻覆，往杯中倒茶，水流细而不断，不偏不倚，一杯香茗已然成韵。

整个冲泡过程，鲜少有水滴外漏。黄英坦言，此番“功夫秘籍”主要得益于平日勤练和长期浸润的熏陶，在磨练心性的同时，让肢体与气息可以为自己所控制，在泡茶的过程中稳当而又不失灵巧自然。

黄英是都江堰人，从都江堰市职业中学走出去，2001 年大学毕业后再回到职业中学执教。虽然身份角色转换了，但不变的是对家乡的热爱，对青城茶的执着眷恋。“你的气质很适合做茶”，在朋友、老师的鼓励下，2009 年 9 月，黄英在学校的支持下创建了问道茶社。习茶的过程中，她发现，喝茶喝到最后，不是因为这茶有多好，也不是因为冲茶的人技术有多高，最能打动人的其实是茶艺师的用心程度。看冲茶的过程，能不能给人带来舒心的感觉。这正是所谓的“诚于中，形于外”的体现。用了心，自然能够冲出一杯好茶，每一片茶叶都会说话。

“没泡好茶，那就是辜负了茶，没喝对茶，那便容易伤身体。”黄英介绍，不同的茶饮用水的温度、投茶量的多少等都有讲究，茶泡好之后不可急于饮用，而是应该先观色察形，接着端杯闻香，再啜汤赏味。在黄英的指导下，记者也品一杯红茶，红亮的汤色循着时光的幽香，在舌尖留下清香甘甜的回味。

传道授业　让每一位学子精进

茶艺礼仪、茶叶知识、冲泡技巧、茶艺表演……在一堂茶艺课上，黄英带领学生们在课堂上泡茶品茶，学生直呼：上课真是“享受”。30 余名学生 2 人为一小组相对而坐，每个桌子面前都摆放了一套茶具。课堂上黄英站在讲台前一边讲解有关茶的理论知识，一边指导学生泡茶的步骤和注意事项。课堂大部分时间以学生实际操作训练为主，黄英一直不停地在教室内来回走动，观察着学生们的实际操作情况，遇到步骤不正确的及时纠正。

据了解，茶艺课是该校针对旅游专业学生开设的一门课程，该课程受到学生们的热捧。茶艺课代表夷思雪告诉记者：“我很喜欢中国传统文化，上茶艺课感觉非常开心，课上不仅学习到不少有关茶艺礼仪和茶叶的知识，而且学习到在生活中遇到困难也能保持一种更平和的态度。”

秉承“茶中问道，廉美和敬”的中国茶道精神，黄英先后培养茶艺导游行业学生千余人。每年组织学生参加各级旅游行业大赛，开展专业实践活动；充分利用校企合作共建标准化茶园、茶叶加工实训基地、茶艺实训室，现场教学，丰富了学生的专业实践认知；通过因材施教，定向培养，不断强化动手能力，多次带领师生参加全国省市级各类茶艺行业大赛，曾多次荣获一、二等奖；2018 年受邀参加中国教育电视台少年工匠“长嘴壶茶艺”春晚特别节目录制，2019 年被评为四川省茶文化杰出贡献奖等。

2021 年，黄英的学生陈丹洁大学毕业之后，再次回到黄英工作室做助教。跟着老师一起去野外考察、调研、制茶等，今年 22 岁的陈丹洁表示，老师是她人生的领路人，如今她越来越喜欢茶文化，平常遇到茶器都喜欢收藏，遇到专家讲茶课都前往学习聆听，只为不断精进，在茶道上继续充实自己，跟上互联网的发展步伐，后期会通过微信、视频号等渠道，用现在流行的方式去传播中国的茶文化，让更多的人能了解到真正的茶知识，在享受茶的美好中，寻找每个人心中的幸福。

不负韶华　致力于传播茶文化

习茶 12 年，黄英获得了一系列荣誉：全国武林斗茶大赛冠军、成都市黄英茶艺技能大师工作室领衔人、成都市青年优秀教师、都江堰名师、都江堰市优秀共产党员。2021 年，都江堰市总工会、妇联邀请黄英开设公益课，向更多爱茶人士传播茶文化。荣誉加身，黄英深感责任重大，她说，茶是各种文化的连接点，在都江堰，茶文化、道文化、山水文化都有相融相通之处，中国的茶道讲究“廉美和敬”，而在青城山下，则讲究上善若水，所以她所悟的茶道精神为：“泡好一杯青城茶，找回当下的力量。”

寻踪溯源，为了更好地传播茶文化，从 2021 年开始，黄英还将视野投向了古茶保护研究上来。2021 年，都江堰市农业农业（村）局成立调查组对都江堰、青城山及周边的古树茶、荒野茶资源展开调查工作，黄英跟着调查组跋山涉水几个月，深入了解不同海拔高度茶树的生长态势、本地茶叶个性、加工技术和研究方向与市场取向，从而对都江堰茶叶发展历史有了进一步深刻的认识。

一个晴朗的下午，黄英陪同原四川茶科所所长钟渭基一起跋涉到青城山宿仙社区茶山开展调研。流连在大片茶园，大家对茶叶的时令采摘、茶园的有效管理、古茶树开发利用再次加深了认识。

钟渭基从 1962 年开始人工杂交育种研究，从四川省茶树地方品种及野生大茶树资源中，发掘推广了早白尖、南江大叶茶等一批地方良种，为四川茶叶生产的发展作出重要贡献。好茶藏深山，徜徉在茶山间，看到长势良好的茶树，再看到茶文化传承后继有人，钟老先生很是欣慰，他鼓励黄英，“传播茶文化，最重要的是要研习茶学。青城道茶、贡茶固然好，但还是要面向老百姓，做老百姓都喜欢的茶叶，这是广泛传播茶文化的途径之一。”

工匠精神是一种对职业敬畏、对工作执着、对产品和服务追求完美的价值取向，也是职业教育所追求的目标。浓淡由心，茶德育人，虽桃李无言，黄英说她还将努力登高行远。

马兴勇：五色调五味

马兴勇是都江堰本地人，在青城山下长大。作为道家发源地的青城山，讲究道法自然。小时候的马兴勇常常是“金鞭岩上打栗子，月城湖边摘黄瓜”，早早地就和道家饮食文化结下了不解之缘。20 多年来，热爱美食的马兴勇致力于道家养生菜品的开发，得出不少心得：道家养生菜讲究五形、五味、五色，顺应节气时令，遵循自然规律。

2018 年 9 月，马兴勇受邀参加由中国烹饪协会举办的“中国菜”——全国省籍地域经典名菜、主题名宴比赛，其研发的“道家养生宴”被认定为“川菜十大主题名宴”。2019 年 4 月，马兴勇被提名为都江堰工匠，这是对他入行 20 多年的肯定与褒奖。马兴勇表示，未来他将继续研发更多道家养生菜品，为游客提供更多康养美食，尽己所能发扬传统美食文化。

手艺高超的传承者

如果你对道家养生宴还不太熟悉的话，那么锦江名人宴、眉州东坡宴、剑阁豆腐宴、安岳柠檬宴、宜宾竹笋宴这些，你肯定有所耳闻。没错，2018 年 9 月，马兴勇的道家养生宴和前面几道名宴被并列评为四川省十大主题名宴。

说起自己研发道家养生菜品的初衷，马兴勇认为这和他的生长环境、学艺背景是分不开的。马兴勇的老家位于青城山下太平场，著名美食“青城四绝”深深影响着他。高中毕业后的1997年，他进入青城山鹤翔山庄当了一名学徒。早在20世纪90年代，鹤翔山庄就名声在外，山庄白鹤云集，生态良好。进入以“长生宴”闻名的鹤翔山庄，马兴勇作为泡菜童子首先学习腌泡菜。良好的生态环境，入门的第一堂课，饮食文化的博大精深，让他对道家养生菜品有了初步认知。

马兴勇师从中国烹饪大师张建忠，张建忠曾受邀到北京人民大会堂做菜。在师傅的悉心教导下，加上自己的刻苦钻研，马兴勇从一名打荷、墩子工逐渐成长为厨师、厨师长。鹤翔山庄的长生宴带给马兴勇很多启示，“长生宴依据《青城山道家食谱》等文献中记载的道家菜品，融入民间的道家善生美食进行了精心的选料与烹饪，成为人们生日庆寿的时尚宴席和山庄接待尊贵客人、重要嘉宾的吉祥美食。如今，长生宴在国家商标局注册了‘长生’牌商标，它与‘鹤翔素席’相得益彰，被誉为‘青城文化餐’，享有极高的美誉，受到来自五湖四海客人的啧啧赞叹。”

1997年至今，马兴勇一直潜心钻研道家养生宴，无论是“川菜道家养生宴”被列入“全国省籍地域十大主题名宴”，还是“沙参软脆骨”成功申请专利，都是最好的例证。

“研究养生菜品和药膳是我的兴趣所在。”马兴勇以川芎这一食材为例，向记者介绍了川芎蛋卷、川芎锅贴、川芎丸子汤、川芎炖鸡等菜品。他说，发掘食材的本质、本味，是他一直以来的不懈追求。

以艺服人的管理者

作为国家特二级厨师，马兴勇并不打算只是纸上谈兵，而是直截了当地为我们“露了一手”。

进入后厨的马兴勇顿时像变了一个人，指挥若定、激情高涨。20多年的职业素养让他对饮食文化有深深的情怀，“戴上帽子、系上围腰，我就进入了主战场。”

不一会儿，道家养生宴中的五行餐系列菜品上桌了。不仅摆盘精致，而且色泽丰富，甚至有一道菜上还罩着一个糖网，网上有展翅欲飞的蝴蝶，有色有形，堪称艺术品。苦味菜“荪香葫芦”主菜选用当季芦笋，摆盘有高山流水、烟雾缭绕，还有“杯弓蛇影”。川芎蛋卷蘸料为番茄酱，属酸味，盘中摆放着一尊横卧的“孙思邈”小像，“道家”“养生”等元素凸显。马兴勇介绍，五行餐具有“五色”“五形”和“五味”，分别是青、红、黄、白、黑，丝、丁、片、块、条和甜、酸、苦、辣、咸，讲究顺其自然，五味俱全。

如今，作为玉瑞酒店的行政主厨，马兴勇不仅要求自己中餐、西餐、凉菜、雕刻等技艺熟稔于心，且还要管理好整个后厨。后厨作为酒店的核心部门，马兴勇每天早晨 8 点从早餐厅巡视开始一天的工作，观察菜品、菜式以及客人用餐的情况，督促食材的验收等。采访过程中，马兴勇的电话响个不停，不是订餐电话就是各部门的汇报电话。

“每周还要抽查一次早班，每个季度都要研发新菜式。餐后，我们会安排服务人员征求客人的意见并予以归类存档。”马兴勇告诉记者，“我们会就收集到的问题进行讨论，便于以后的考核和技术的提升。”马兴勇对员工要求十分严格，他的工作服肩膀上别着一双筷子，“这是用来尝菜的筷子吗？”“我们尝菜只需用肉眼看或是拨开菜品蘸点汤汁，就知道一道菜成功与否，做酒店餐饮，首要的是让客人吃得满意。”马兴勇说。

餐厅经理介绍，对于酒店来讲，大家通常的认知是客房带动餐饮，实际上餐饮也能带动客房。除旅游住宿外，玉瑞酒店主要提供商务宴、婚宴和自助餐服务，马兴勇所带领的餐饮团队对于酒店的重要性是显而易见的。

当被问及如何有效地管理团队的时候，马兴勇说道：“没什么特别的方法，手艺人用手艺说话，手艺人靠手艺服人。”

从不藏私的发扬者

从普普通通的高中生，到如今的川菜名厨，马兴勇在成就自己的同时也将“道家养生宴”发扬光大。“教会徒弟饿死师父”的俗话，在他看来并不正确。他告诉记者，“技艺不是属于一个人的。我也是一位传承者，就应该把技艺传授给更多的人，让它发扬光大。”马兴勇有6名真传弟子，目前均在各地各大酒店担任厨师长等职务。“收徒时要先看品行，然后再看能力和天赋。拜师要行大礼。一旦收为徒弟，就不仅要教手艺，还要教处世为人。既要关心学业，也要关心徒弟成家立业。”对于师徒关系，他依旧抱有传统的观念：一日为师，终身为父。

在真传弟子以外，他还指点过许多“外门弟子”。2007年，日本东京电视台赴青城山拍摄青城道家养生纪录片，马兴勇为主角之一。电视台主持人时井美佳对道家养生菜品非常感兴趣，遂拜马兴勇为师，和他们一家人一起生活了一个月，最后学业有成，含泪归国。该纪录片在日本播出后引起了不小的反响。“当时在日本的杨师伯打来电话向我表示祝贺，有日本餐饮企业打电话说要给我投资开店谈合作。”马兴勇觉得，自己将青城山道家养生菜品传播到五湖四海，被世界各地的人们所喜欢和传播，也是他作为都江堰人、作为青城山道家养生菜品发扬者的一份荣耀。

玉瑞酒店总经理黄武和马兴勇搭档工作20多年，在他眼里，马兴勇是一个阳光、踏实而又憨厚的人。他介绍，马兴勇对烹调事业极其执着和认真。“川菜道家养生宴”被列入“全国省籍地域十大主题名宴”，对于都江堰养生菜品的研发是一份不小的贡献。在黄武看来，马兴勇在工作上对自己和下属要求都十分严格。通过严格的要求，他把自己所学传授给更多从业者，随着不断地传承发扬，青城山道家养生餐饮文化的养生理念也传播到了很多地方。“这也是一名基层工作者对地方旅游和文化应有的贡献。”黄武说道。

虽然拥有了众多头衔、精湛手艺和无数赞许，但是马兴勇从未止步不前。前几年，他去成都中医药大学进修营养学，取得了“高级营养师”证书。闲暇时他爱好看书，还时常翻看《本草纲目》这类书籍，去学习更多传统医学用药的禁忌、避讳，研究药食同源的理念，以期得到启发，做出更好的菜品。

“荣誉不必在外炫耀。”马兴勇淡然说道，“归根结底，我是一名厨师，我的工作地点在厨房。”不为荣誉所累，潜心钻研提升技艺，马兴勇誓将秉承工匠精神，继续前行！

曾　文：青城山下熊猫人

北京冬奥会吉祥物冰墩墩火遍全世界，其胖乎乎、圆滚滚的形象收获了大批粉丝。如果把冰墩墩的塑料外壳褪去，你会发现，小家伙的真身还是那只熟悉又可爱的大熊猫。大熊猫作为重大赛事的吉祥物，可追溯至 1990 年北京亚运会的盼盼、2008 年北京奥运会的福娃晶晶，再到 2022 年北京冬奥会的冰墩墩。大熊猫是国际最受欢迎的动物之一，其一举一动都牵动着人们的心。大家为新生的大熊猫欢呼雀跃，被大熊猫直播频道中憨态可掬的熊猫宝宝所深深吸引……

曾文，中国大熊猫保护研究中心饲养员，工作 13 年来，跟大熊猫朝夕相处，他熟悉各年龄段的大熊猫的饲养管理，和同事集体攻克大熊猫“三难”问题，他们有一个共同的雅号——“熊猫人”。作为 2021“都江堰工匠”获得者，曾文和大熊猫之间有难分难舍的情缘。

朝夕相处　他破译了“熊猫密码”

春日上午，暖阳照耀，随着气温的持续回升，春天的脚步已来临。早上 8 点，曾文就早早到达中国大熊猫保护研究中心都江堰基地，准备开始一天的工作。目前，中国大熊猫保护研究中心共有四个基地：卧龙核桃坪基地、神树坪基地、雅安基地和都江堰基地，曾文会根据不同需要在四个基地轮转工作。

穿好工作服、雨靴，进入圈舍清扫。“清扫的同时还要仔细留意昨日采食情况、排泄情况，以及熊猫的精神状态。”清扫完外舍，将新鲜的竹叶摆放好。这时，休息了一个晚上的大熊猫早已急不可耐，选个舒适的位置坐下，一手持竹，大口啃食，撕、扯、咬，再撕、再扯、再咬，有时是两手共用，有时是四肢并用，在持续半个多小时的进食时间里，给了游客足够的观赏角度，其憨态可掬的萌萌样引来了不少的赞叹声。

喂食竹子后，曾文开始准备精饲料了。当天的早餐饲料是胡萝卜和馍馍，馍切块、胡萝卜切条。在盼盼园 5 号圈舍，大熊猫秀阳已经等不及了，这只两岁半的熊猫正处于成长期，在室外吃饱了竹子的秀阳回到圈舍等着投喂。或许是等得久了点，它嘴里发出“咻咻”的叫声，沿着圈舍走了两圈才乖乖坐下。被投喂不过瘾，秀阳伸出手掌作讨要状。这时，曾文就会哄它坐好，一块投喂完毕后，再轻轻点一下秀阳的鼻子。这个亲昵的动作语言仿佛是在说，“秀阳乖，吃得很好。”早餐定时定量投喂完毕后，秀阳便自个儿开始到户外玩耍了。

走完了这个圈舍，再往下一个圈舍，在与大熊猫的朝夕相处中，曾文熟悉了各年龄段的大熊猫的饲养管理，包括情感表达、生长、发育规律等。“就好像朝夕相处的亲人，不用说话，就能解锁全部密码。”

攻坚克难　成长为优秀“熊猫人”

36 岁的曾文，和大多数 80 后一样，赶上了保护熊猫、研究熊猫的好时代。“小时候，我的一位长辈就是大熊猫科研人员，或许是受他感染，我也特别喜欢熊猫，大学学的是动物学专业，毕业后自然而然当了一名熊猫饲养员。”饲养大熊猫，存在着“三难”问题，“发情难、配种受孕难、育幼存活难”。可曾文和同事们硬是凭着细心、耐心和精心，如今已将“三难”问题成功攻克。

在曾文13年的工作生涯里，他印象最深的是工作的第三年，饲养极低体重50多克大熊猫的故事。“大熊猫幼仔出生时平均体重100多克，而极低体重的幼仔，饲喂难度大，要保证它们的存活，对饲养员来说是极大的挑战，这要求我们的工作要更加精细。经大家集体讨论达成喂养方案，24小时不停看守，十多天吃住在大熊猫人工育幼室。最终，这只大熊猫成功存活。”

大熊猫通常一年交配一次，发情期主要集中在三四月份。可交配过程中，往往会出现一方喜欢，另一方没感觉的情况，这时候，不仅需要善于观察、抓住时机，还需要创造条件。“通过培训让熊猫学习交配方法；人工辅助模拟发情的叫声；打‘埋伏战’不让双方见面，从而激发另一方的兴趣。”

干一行、爱一行、专一行。曾文逐渐成长为大熊猫人工育幼核心技术骨干，饲喂存活大熊猫幼仔150余只，完成100余只大熊猫食物转化，并实现存活率100%。参与大熊猫繁殖交配工作1000余次，能够独立完成人工取换仔、人工采奶等核心技术工作。13年来，曾文以高度的责任感和使命感做好每一项工作，用实际行动为大熊猫保护研究事业谱写出了华美的乐章。

用爱陪伴　人与自然和谐共生

有什么比瞧大熊猫日常更治愈的事吗？有什么比做大熊猫饲养员更令人羡慕的生活吗？有什么比看大熊猫和饲养员的互动更容易被萌化的瞬间吗？

当天，好天气加上最近“冰墩墩”的顶流效应，参观游客较多，大家纷纷拿出手机拍照、录视频，被大熊猫实力圈粉。游客任珊和闺蜜一起来参观大熊猫，她半开玩笑半认真地说，“大熊猫吃了睡、睡了吃的生活状态，以及半梦半吃的懒萌，不就是大多年轻人幻想当中的美好‘熊生’吗？沉浸在大熊猫闲适的慢生活中，对于我们来说，既是对快节奏都市生活的短暂逃离，也是对自身内心对此向往的一时满足。”游客彭翔宇和家人一起参观游览，作为都江堰人，他说大熊猫的故事伴随他成长，特别是冬奥会冰墩墩形象大火之后，“更加喜爱熊猫了，大熊猫不仅是我国的国宝，也是世界的‘和平使者’，是团结和友谊的象征。”

而这一切“治愈”的背后，作为饲养员的曾文付出了太多。也正因为他技艺精湛，业务娴熟，兢兢业业，勤勤恳恳，受到大家的一致认可，因此获得“都江堰工匠”称号。曾文表示，这既是对他之前工作的肯定，亦是对未来工作的鞭策。目前，他主研科研项目有“大熊猫人工育幼、半人工、全人工及母兽带仔（0～120日龄）生长发育对比研究”，带领人工育幼团队攻坚克难，并充分发扬“传帮带”精神，开展人工育幼技术授课、实践培训，为国内外大熊猫科研合作单位和单位内部培养10余名人工育幼技术人员。曾文说，作为“熊猫人”，今后将继续和同仁一道，把工匠精神的精益求精、创新务实融入到大熊猫的保护事业当中去，为推动大熊猫文化建设，致力于大熊猫文化传播、人与自然和谐共生尽心倾力。

邹仁松：锲而不舍，金石可镂

位于聚源镇崇义的成都创奇汽车制造有限公司是一家生产汽车的民营企业，他们抢抓历史机遇、顺势而为、勇担使命，积极探索适旅工业提质增效高质量发展新路径。近年来，该企业先后被中国科学技术协会评为“创新先锋企业”，被都江堰市评为“优秀民营企业”“2018 年度科技工作先进单位”。近日又有好消息传来，创奇公司副总经理邹仁松荣获 2019 年“都江堰工匠”荣誉称号。

近年来，凭借不服输的劲头和锲而不舍的专业精神，邹仁松及其团队开发汽车及房车新产品 120 余项，改进工艺 300 余项，获得国家发明专利 2 项，实用新型专利 65 项。其发明专利自动软篷覆盖系统被成都市科技局评为成都市职工技术创新二等奖，以他名字命名的邹仁松创新工作室被评为 2017 年度成都市优秀工作室。

“技术小白”　跨行业勇挑重担

成都创奇汽车制造有限公司 2005 年进驻都江堰市，2006 年初，邹仁松作为第一批“元老级”人物进入该公司。进入汽车行业，邹仁松只能算是“技术小白”。从四川轻化工大学毕业的他，一毕业就进入一家酿酒企业从事玻璃瓶生产工作。进入汽车企业，跨行如此之大，一切都得从头学起。当时，公司从武汉汉阳汽车厂高薪聘请了几位经验丰富的工程师进行技术指导，邹仁松跟着他们一道到全国各地去考察走访，学习行业的先进技术、先进工艺，但是当时很多技术在国内仍属空白。“我们只能长时间扎在生产一线，对新技术、新工艺进行琢磨、思考，经过不断试验、总结经验教训，最后终于开发出了各型专用汽车、半挂车及城市渣土运输车等新产品。”邹仁松表示，当时公司只能临摹别人的创意，生产一些低附加值的部分产品。

2007 年，不到一年的时间，几位汉阳的老师傅就纷纷撤离。邹仁松还没有做好充分准备，作为业务骨干，他临危受命，被提拔为公司技术副总，优化和开发新产品的重担落在了他的肩上。

2009 年，随着地震灾后重建大面积铺开，创奇公司迅速恢复生产，由邹仁松带头研发的大量工程用车产品问世后，得到用户和市场的认可，完成了从质到量的提升。时至 2011 年，创奇公司在为灾后重建作出积极贡献的同时，企业自身也得到了进一步发展和提升。

填补空白　创成果国内领先

2011 年，创奇公司成立了企业技术中心，还以邹仁松的名字命名成立了邹仁松创新工作室。工作室的主要任务是带领公司技术研发团队对新产品进行技术研发，对生产工艺进行提档升级，对前沿技术进行探索研究等。

工作室刚成立不久，团队就接到一个大项目。“当时，成都市城市管理局找到我们公司，提出研发一种新型装置，既要解决车辆的超载冒载，还要解决车辆行驶过程中的抛撒滴漏、尘土飞扬等问题。”据介绍，当时城市渣土运输车的超载冒载、抛撒滴漏、尘土飞扬等现象一直被社会诟病，老百姓怨声载道，长期得不到有效解决。而当时运输车辆的顶部密闭装置无法从根本上解决这些问题。所以，团队接下这个新课题的同时，也面临着巨大的挑战。

时间紧、任务重。邹仁松和团队成员迅速做出了几套方案，在不断的商讨中，方案几次被推翻。“最难的不是方案被业主单位否决。”邹仁松说，最难的是想象和现实之间的差距。在最艰难的时刻，公司纪董事长的明确表态，给团队注入了一支“强心剂”，“材料坏了重新再弄，需要外出学习给你们提供机会。”大家重振旗鼓，查阅各种资料，做各种模拟试验，在生活中找灵感，在试验中找规律。历时 9 个月，邹仁松带领团队利用折叠伸缩门和雨伞的原理，开发出了车厢顶部的密闭装置。在试验成功的那一刻，团队成员紧紧相拥，喜极而泣。

在整个研发试制过程中，他们做废了 400 多件大小工件，报废了 10 个成品样品，技术改进调整累计 120 多项，研发时间长达 9 个月。这其中的心酸和曲折，只有参与者才能真正体会。

在研发过程中，他们将专有技术和产品及时申报国家专利，并获得发明专利、实用新型专利、外观专利等近 10 项专利的授权。

该产品获得了成都市相关部门的高度认可，并在成都市大面积推广运用，取得了巨大的社会效益，彻底解决了城市渣土运输车的各种诟病，近年来在全国推广，并成为该领域的参照标准。

弘扬传承　传帮带发扬工匠精神

随着国家“双碳”战略的实施，纯电动新能源重型卡车势必会成为“降碳”的主力军。近两年，邹仁松团队盯住这一发展契机，努力探索学习新能源方面的核心技术，积极与国内知名重卡生产厂家沟通协调，通过各项技术参数的计算匹配，进行多次的试制试验，成功研发出了 8 款新能源重型渣土车，一些自有创新技术也快速申报了国家相关专利。目前，这些新产品已经逐步投放市场，将为城市建设和国家双碳目标的达成做出一份贡献。

“尽管行业受到疫情、经济大环境等影响，企业经营短期内存在一定困难，但在公司及管理团队的支持下，工作室的创新工作不仅没有停止，反而在不断增加技术研发投入，争取研发出更多的新产品，早日投放市场。”邹仁松抑扬顿挫地说完这番话后，又一头扎进了车间，只留下那匆忙的背影。

曾经在中外合资玻璃厂工作过的邹仁松，从老师傅身上学到了精益求精、敬业奉献的吃苦精神，想方设法攻克难关的匠人精神在邹仁松心底烙下了深深的印记。他这样理解工匠精神："对自己的产品精雕细琢，对自己的工作精益求精，以踏实的态度和锲而不舍的工作劲头，去做好每一件事情，这就是工匠精神。"

工匠精神还有个重要的内涵就是——传承，所以但凡有同事请教，他总是倾囊相授。目前已有弟子20多名。谈到别人的肯定和获得的荣誉，邹仁松淡定地说："'驽马十驾，功在不舍。锲而不舍，金石可镂。'我将继续弘扬工匠精神，干好自己的本质工作，戒骄戒躁，不忘初心，像我的师父们把工匠精神传承给我一样，我也要把这些精神和技艺传承下去，将工匠精神始终践行。"

第七辑 追梦人

那句话怎么说来着？人一定要有梦想，万一实现了呢？

一切伟大的行动皆来自于光荣的梦想，梦想是引领人走向成功彼岸的航灯。有梦想的人，即使面前有万顷巨浪也会勇往直前，铜墙铁壁也无法阻挡前进的步伐。

向所有追梦者致敬！

华都人：俯身为国铸重器

四川华都核设备制造有限公司位于青城山旅游装备产业功能区。作为国家高新技术企业、国家第二批“专精特新”小巨人企业，市场占有率达70%，保持着国内第一、国际前三的行业地位。

近些年，华都制造赫赫有名，华都核设备为行业贡献了一次次惊喜：是“华龙一号”大型核电站控制棒驱动机构CRDM设备供货先行者，产品不仅满足了国内核电建设需求，还成功实现百万千瓦级CRDM设备批量化出口……这样的名声背后，凝聚着“华都人”的勤劳、汗水、智慧和力量。今天，就让我们一起来认识几位具有代表性的华都人。

喻杰：掌控全局的舵手

大海航行靠舵手。在华都核能，作为公司副董事长和总经理的喻杰，就是华都核设备这艘大船的舵手。

成立于2008年4月的华都核能，2012年改组转型为民营上市公司控股企业。2013年，集团公司把喻杰从上海“挖”到了都江堰。过硬的技术加上敬业的人品，这些年，集团放心把都江堰华都的工作全交到了喻杰的手上。而他，不仅不负众望，且完全是一副“拼命三郎”的工作劲头，手底下的很多人都这样评价他，“喻总简直就是个工作狂”。在喻杰的身先士卒下，华都上下拧成一股绳，铆足一股劲，不断创造出高质量的创新成果，形成持续向好的良性发展局面。企业通过基础建设、科研攻关、人才培养和核安全文化培育，综合实力得以快速提升。正是这股拼命工作的劲头，让华都在行业内迅速崛起，其在核反应堆控制棒驱动系统领域的市场份额已稳居国内第一。公司先后获得“四川省优秀民营企业”“成都市百强民营企业”“都江堰市优秀民营企业”“都江堰市市长质量奖”等荣誉，成为国家级“专精特新”企业，取得了良好的社会、经济效益。

一个人的严谨自律从细节点滴就可以看出来，有一件采访时发生的小事，直到今天我还记忆犹新。

去年夏天，我和同事提前约了采访。按照惯例，有了采访方向，到达采访地点后，我们就直奔主题。而这次，好家伙，喻总带了好几个部门的负责人，齐刷刷坐到我对面。我还是第一次享受到这样的“礼遇”。大家拿出纸笔详细做记录，商讨了半个小时，不仅将采访主题再过了一遍，甚至细致到每个环节该找哪个负责人、场景该怎么设置，喻总都一一叮嘱到位。一交流完，整个稿子的架构清晰浮现，只需填充内容就行。采访完毕，到了中午时分，喻总让老侯（公司外联部部长、高级工程师）留我们用餐。大家面前摆着一样的餐盘，分着几道菜。虽简简单单、朴朴素素，但营养搭配均衡。喻总当时还略带歉意说只是顿便饭。哪有？常年在采访一线，讲究的是效率，追求的是短平快，一直都喜欢这样的简便与随和，最怕冗长和正式，这正投我所好。我到现在都还记得，那顿饭有排骨炖山药玉米。听老侯说，喻总从来都是跟他们一起用餐，极简。重视内涵而忽略形式，应该也是喻总作为科研人的一面吧！

喻杰把更多的精力投入到了发明中。这些年，他个人取得了一系列成绩：拥有 9 项欧美国家发明专利和 20 余项国内专利授权，现任四川核学会理事、四川核技术制造业创新中心理事，2018 年被授予“成都市特聘专家”，2021 年被评定为“四川省学术和技术带头人”，在核能相关领域的研究一直处于业内技术引领地位。

朱清：攻克壁垒的能手

2019 年 10 月 1 日，中华人民共和国成立 70 周年，举行了隆重的庆祝大会。当天上午，北京天安门广场上彩旗飘扬，人人脸上洋溢着节日的欢乐。当搭载着大熊猫、页岩气、“华龙一号”等四川符号的四川彩车从天安门城楼前缓缓驶过，在四川都江堰，坐在电视机前的华都人内心澎湃激越，因为在这些“四川符号”当中，“国之重器”“华龙一号”核心组件的控制棒驱动机构正是都江堰市华都核设备制造，这一高光时刻，也把公司总工程师朱清从幕后推到了台前。

朱清瘦高、帅气，作为一名典型的技术男，很腼腆，面对女性甚至有几分害羞。可干起工作来，却有一股子不攻克誓不罢休的劲头。从 2014 年开始，朱清带领研发团队 70 多人，经过理论研究、反复试验、验证分析、不断改进、长期攻关，终于取得重大突破，填补了国内外空白，还打破了核电关键技术上国外的垄断地位，引领了行业发展方向。如今，“华龙一号”使用的 ML－B 型控制棒驱动机构，已经迭代更新研制出性能更优的 ML－C 型控制棒驱动机构。C 型控制棒驱动机构关键技术处于国际国内领先。以电磁线圈为例，一个电磁线圈的制造需经过搭骨架、缠线、固化等多个环节，传统电磁线圈的耐温等级只有 220 级，而依靠研发的新型骨架设计方案和耐高温绝缘浸渍漆灌封技术，华都核设备在国内外首先实现电磁线圈耐温等级达 440 级。“采用这样的耐高温电磁线圈后，就可以取消核反应堆的堆顶强制风冷系统，仅此一项，就能为核电站节约成本数亿元。”朱清解释说。

与此同时，通过无对接焊缝一体化密封壳技术、耐磨损钩爪组件技术、钩爪堆焊技术和耐高温一体化棒位探测器组件技术等多项核心技术，华都核能已拥有业内领先的核电设备研发制造能力。“我们现在的钩爪组件已经可以满足核电站调峰需要 1800 万步使用寿命的要求。”这一独特创新，是朱清和同事们的又一突破。

汤虎：传承帮带技服人

核设备制造属于高精尖技术，很多技术难点需要克服，没有一股子死磕的劲头还就是不行。不仅要踏实肯干，还要耐得住寂寞。近几年，公司培育了4名都江堰工匠、2名成都工匠，还有1人享受国务院津贴。技师汤虎在公司工作了9年，从一名工人做起，到“成都市工匠”，令人不得不对其竖大拇指。

技术打造品质，质量赢得口碑。汤虎于2012年至2013年参与百万千瓦核电控制棒驱动机构工程样机加工制造，并协助四川华都取得了该机构的制造许可证。在2014年度获得数控车工第一名。被授予成都市技术能手称号。2014—2019年度连续获得四川华都先进员工、优秀员工、对公司做出突出贡献员工等荣誉称号。

从2012年至今，汤虎一直从事核反应堆应用控制棒驱动机构样机试制等数控加工，同时负责控制棒驱动机构新产品开发方面的机械加工工作，重点配合核电控制系统线圈组件和棒位探测器组件的技术研发工作。如今，靠着精湛的手艺，汤虎已带出20多位徒弟，成立了“成都市首席技师工作室”。说到工匠精神，汤虎认为：“热爱一件事，并且把这件事一丝不苟做到极致，没有最好，只有更好，这就是工匠精神。”

刘克江：匠人精神铭心间

刘克江目前任华都生产车间车工组组长，是2021年度都江堰市工匠获得者。

摇动手臂、调整距离、扳动开关，一根银光闪闪的金属棒到了刘克江手里，就如孙悟空的金箍棒一样，想要什么形状都可以。车工十分考验技术人员的眼力和上手操作能力。刘克江工作时极其专注，手到、眼到、心到，在冷却液源源不断地浇灌下，金属棒的一头很快被打磨削成螺旋状，滚落的铁屑堆积在一起，形成漂亮的铁刨花。“光凭经验还不行，还需要精准测量，不断校正。”不断打磨中，刘克江不时拿着卡尺比对尺寸，0.05 毫米内属于标准正常误差，可刘克江对自己提出了更高要求：一定要将误差缩小在 0.01 ~ 0.03 毫米之间，追求更高精度。

看似行云流水的操作背后，隐藏着不为人知的难度。据介绍，在控制棒驱动机构批量化生产过程中，棒位探测器组件中线圈骨架的加工刀具选用是一个难题。因为材料的特殊性，合金硬度极高，极易磨损刀片，即使像上海电气这样的驱动机构制造的前辈企业，一般都是采取外委方式。善于思考的刘克江决心攻关。他凭借自己多年的经验，利用库存刀片不断进行切削角度的修正和试验，和技术人员反复探讨，再上网查找信息，最终锁定了牌号为 YG3X 的普通焊接刀片。“如今，每次切割，不仅刀刃损耗小了，还提高了效率，加工零件的精度更高了。”公司相关负责人十分肯定刘克江在工艺上的突破。

许晓荣：与烟头较劲的大爷

在都江堰市的街头，人们早上出门买菜或是傍晚散步经常会遇到一位满头白发的老人，他手提袋子，躬身弯腰，在街头捡拾垃圾和烟头。当有人不解地问他，为什么这么做时，他抬起头调皮一笑，将左胸前的党徽一亮，拍拍胸口说："我是一名共产党员，为人民服务，这是我应该做的。"

这位老人就是都江堰市奎光塔街道辖区居民许晓荣。2020 年虚岁 80，是一位党龄 40 年的老党员。2018 年，许晓荣捡拾垃圾、烟头的事迹被新华网、《成都日报》等媒体相继报道后，老人一度成为都江堰的"网红"，人们更是称他一声"许大爷"。2019 年，许大爷被推荐为"成都好人""都江堰市道德模范"。2020 年，受许大爷捡烟头事迹启发，都江堰在全市范围内开展了"我与烟头杠上了""捡一颗烟头、还一份美丽"的文明实践活动。

爱管闲事的"闲事科科长"

十多年来，因为爱管闲事，许大爷的老伴米阿姨送他一个"闲事科科长"的外号。每天上午 8 点，简单吃过早饭后，他和老伴就背上包、提着袋子出门了。一般常规路线是：去市场买菜，边走边捡烟头。背包用来装菜，袋子里装着铁夹子，这是许大爷捡烟头的必备工具。

走在小区里，许大爷慧眼如炬，那些藏在树丛里、杂草间的烟头都逃不过他的眼睛，半蹲，侧身，一夹，一放，不一会儿，他已经捡了半口袋烟头。2020 年，都江堰市新时代文明实践中心开展了捡烟头兑换礼物的活动，许大爷兑换了纸巾、牙膏等日用品。有人好奇地问他，这些年捡了多少个烟头时，许大爷仰着头想想，随后又摇摇头，笑笑说："我捡的烟头嘛，称斤数的话，应该有好几百斤了。"

许大爷捡烟头、垃圾的历史要追溯到十多年前。

"都江堰市是一座旅游城市，来这里的游客非常多，城市干干净净的，游客耍得也高兴嘛！"基于这么朴素的愿望，退休后的许大爷开始了捡烟头、垃圾的生涯。久而久之，这成为了他的"例行工作"。

"有时看到环卫工人前脚才扫了地，后脚就有人往地上扔垃圾，我就很心疼。"后来，许大爷走一路，捡一路，还劝一路。很多市民都受到了许大爷的感染，自觉不少。很多外来的游客也"认识"他了，见他捡烟头，纷纷为他拍照片，录视频，并称赞他，"大爷，你好样的！我们回去也要把这种文明行为宣传一下。"

"知我者谓我心忧，不知我者谓我何求。"许大爷的举动，赢得了绝大部分都江堰人的点赞，虽也有部分"杂音"，但许大爷丝毫不在意，仍然"一意孤行"。

2020 年 9 月初，都江堰市创建全国文明城市进入攻坚阶段，许大爷更是早出晚归，捡烟头的范围和路线也不断扩展。他和老伴分头走在街道的两边，两人在花坛草丛里扒拉出很多烟头。他俩通常一天"工作"超过 10 小时，晚上"下班"后都累得直不起腰。

一头白发的许大爷，就这样天天坚持在街头，成为这座城市一道独特的风景。

来之不易的"共产党员"

作为一名普通的共产党员，许大爷极为珍视他的共产党员身份，他常常教育子女，他的党员身份来之不易。

许大爷的老家在四川省绵阳市盐亭县。

1960 年，新疆建设兵团到盐亭招人，19 岁的许晓荣和比他年长几岁的小叔一合计，偷偷报了名，奔赴新疆南疆阿克陶县，在那儿工作生活了整整 20 年，为边疆建设奉献了最好的青春年华。

人生的考验往往来得猝不及防。1963 年，许晓荣给阿克陶县时任社教工作团团长杨光烈当通信员，社教团下到地方开展社教工作期间，一位首长的“梅花牌”手表丢失了。在当时，手表是稀罕物，且非常贵重。丢失一块手表，自然引起了轩然大波，大家都怀疑是许晓荣偷拿了手表，原因是他帮自己首长打扫卫生的同时也将这位首长的房间打扫了。

这样的一顶“大帽子”岂是年轻的许晓荣能承受得了的？他的首长恰好在这期间去北京学习了，没有人相信他的清白。最后，因为说不清楚，许晓荣被下放到戈壁滩放羊，被监视、管制。在荒漠里的日子，许晓荣天天哭，一米八的大高个，体重从 130 多斤降到 90 多斤。后来又到煤矿去挖煤，接受劳动改造。吃了很多苦的他，越来越坚忍，始终坚信有一天事情会水落石出。

一年以后，真相浮出水面，真正的小偷被抓获，许晓荣也得以洗清冤屈。但这件事带给他的伤害和影响很大，他暗暗告诫自己，以后一定更要兢兢业业地做事、踏实实地做人。

之后，许晓荣结婚成家，养育孩子，他始终追求进步，多次递交入党申请书。但始终因为家庭成分，他的入党申请书皆石沉大海、毫无音信！

1978 年，改革的春风吹遍神州大地，很多历史问题都得到整改落实。1980 年，组织上主动找到许晓荣，让他提交入党申请书，终于成为一名光荣的共产党员，当戴上党徽的那一刻，许晓荣百感交集，他把这视为人生的春天。同年，入党后的许晓荣调回到都江堰工作，开始了和这座山水之城的甜蜜爱恋。

亲切如邻的许大爷

这些年，许大爷不仅捡烟头，还负责查网吧。10 多年前，他无意中看到有未成年人出入网吧，由此开始了“义务监督”的工作。

都江堰市康复路晶平网吧老板孔令仁在这条街开网吧有20多年了，据他讲述，2008年地震前夕，都江堰市大小网吧较多，未成年人上网现象较为突出，许大爷发动老伴，再联合小区志愿者共5人担任奎光塔社区网吧义务监督员，为网吧规范经营把好了第一道关。

几年下来，许大爷的网吧巡视记录装满了好几个袋子。市关工委颁发的荣誉证书放了满满一抽屉。“早些年的时候，经常有未成年人去上网，现在基本查不到了。”翻开巡视本，许大爷欣慰地说。

在外有好名声的许大爷，家庭关系也处理得十分融洽、和谐。

曾经，许大爷出门捡烟头、查网吧常常误了饭点，老伴米阿姨对他颇有微词；如今，米阿姨明确表态：“他干啥我都支持!”

暮色沉沉，许大爷蹒跚回家。虽然知道老伴在家，但他还是掏出钥匙打开门。听到开门声响，米阿姨问一句：“回来了啊。”“我回来了哟!”许大爷拖长音调回应，简单的对话藏着两人的默契和欢喜。

几十年相处下来，两人也偶尔拌嘴，但通常几分钟就和好了。前几年，米阿姨喜欢跳广场舞，许大爷就陪着她。2019年，米阿姨脚踝骨折，许大爷就主动承担了家务。如今，一日三餐，米阿姨负责择菜，许大爷负责烹饪。许大爷牙齿不好，米阿姨就尽量将米饭蒸得软糯。两人都很为对方着想。

在外人面前，米阿姨会给足许大爷面子，“许大爷年轻时可是个帅小伙儿哦。如今，老了嘛，也是老帅老帅的。”仔细观察两人，发现他俩之间还有特定的小动作。许大爷会偷偷地快速地用手指刮一下米阿姨的鼻子，米阿姨假装嗔怪，“老不正经!”两人的温情也给儿女们树立了好榜样，一大家人始终和和睦睦的，不争不吵，相互体谅。许大爷对自己目前的状态很是满意，市文明办、奎光塔街道等部门有公益活动邀请他参加时，他总是不假思索地应承，并提前打好草稿。他常说：“一个人凡事要为别人多考虑，不能啥事老想着自己。”“作为一名共产党员，就该时时处处严格要求自己。”“党的政策这么好，我现在一个月能拿3000多元钱的退休工资，还有啥子不满足的呢?”

这，就是我们平凡而让人感到温暖的许大爷!

白　平：乡村守望者

青城湾湿地庄园庄主白平被贴了很多标签，如“思想者”“厦大才子”等。和他相处较久的朋友形容他，“热情并孤独着”。他自己说他是“下得藕塘，上得讲堂”。和白平交流，他富有哲学思辨的见解，时而从嘴边蹦出的妙语连珠让人见识了才子的魅力；谈到农业，翻地、养鱼、编筐等农活他又如数家珍；如果走来一位诗人，他可以停下手中活计与你聊起乡村美学，正应了古诗里的场景：“故人具鸡黍，邀我至田家”。

这样的白平，貌似让人看不懂，可只要走进青城湾，无不被这里的田园生活和乡村美学所打动。历时 10 多年打造，核心区占地 320 亩，投资 6000 余万元，我们可以从这串数字中窥见白平的人文情怀。

“长”出来的田园风光

白平用了 15 年时间打造青城湾湿地庄园，今天园里的一草一木、一花一叶、一砖一瓦一沟渠，已经完全摆脱了移植感，一切都好似本就长在那里。就连那“吱嘎”转动的水车，也仿佛多少年来一直在唱着那首古老的歌谣。

青城湾湿地庄园坐落在柳街镇金龙社区，成青快速路旁边，是一个以“渔樵耕读、诗意田园”为主题的体验式、教育型文化庄园。大量的乔木，把庄园分割成了好几个各具特色的园区。樱语林诗歌、捉鱼溪、陌上采桑、童话走廊等，如诗如画的场景就在眼前。

走在庄园，随处可见木质或竹质建筑，营造出一种质朴的环境；按传统工艺建造而成的堂、馆、庭、院，虽功能各异，但均是浓郁的川西风格；还有木版雕刻、悬挂的楹联，甚至连菜园里的柴门上都是一首首古韵悠悠的诗词，仿佛置身国学大儒隐居修行地。如果说这是静态的美，那么，游动的鸭、在草丛里觅食的鸡、在田里劳作的农人，鸟叫、蝉鸣，徜徉在园内的游客，就是流动的风景。动静相宜，形成一幅以绿色打底的斑斓田园图画。

说起打造“田园梦”的初衷，还要回溯到 20 世纪 80 年代末，巴中小伙白平考入了厦门大学政治学专业，彼时正值“工进农退”的肇始期，厦门大学怡人的校园风光给了白平田园牧歌般的大学生活，也是孕育他“庄园梦”的起点。

2007 年，白平偶然在柳街镇邂逅一处清净地，开始追寻自己的庄园梦。十年弹指一瞬，从当初的盛年到今年 50 岁知天命的年纪，白平始终坚守，让梦境一步步照进现实。

“守”出来的生态本底

青城湾湿地庄园，集食、宿、参观、游玩、体验于一体，这里也作为几届“中国田园诗歌节”指定会场，还多次成为重大活动的指定举办场地。高峰时候，这里一天要接待 3000 多人的食宿。

民以食为天。白平对食材有着近乎完美的苛求。他说：“食材好，食，才好！”

白平特举例说明。今年夏天，园内蔬菜队的几位阿姨集体请辞，问及原因，她们愧疚地称，自己也有亲戚受雇于别家干农活，人家的蔬菜 20 多天就长成熟了，可以卖钱，而庄园里的，她们形容，都一个月了还长得“面黄肌瘦，鬼眉鬼眼的”。得知原因后，白平哭笑不得，他这样说服她们：“不怕蔬菜长得慢，也不怕地里有杂草，这才是农业该有的样子。”听到“老板”这么说，几位阿姨破涕为笑，继续干活。

在青城湾湿地庄园，蔬菜是自己地里种的，大米是自己插的水稻打的，鸡鸭自不必说，就散养在庄园里吃虫子、水草长大的，而猪肉更是山地散养猪宰杀的。养在汶川深山基地里的藏香猪，流转了几百亩山地放养。雇了几个当地农民照看，用青草、玉米和杂粮，喂养整整一年，才会运回到庄园来供食客大快朵颐。所以，庄园里的猪肉自带Q弹特质。寒冬腊月，为了迎接新年，庄园大门口处悬挂了一块块腌制腊肉，其色香味形更引得人馋涎欲滴。

来到园里，亲自采摘蔬菜，再去捉一只鸡或几条鱼，在十多个开放厨房里，自己生柴火，或炝炒、或蒸煮，那燃起的阵阵炊烟见证了美食从采摘到制作到餐桌的整个过程，浓浓乡愁袭来又舒展开去，幸福感无可比拟。

“拓”展开的乡村美学

人们常说，热爱美食的人，也一定是热爱生活的人。在青城湾，学会真正的生活，田园和诗意并存。而白平，他渴求的不单于此。他有着更高的追求——打造新古典乡村美学。

白平这样解释他的新古典乡村美学：新，相对的词是旧，意即跳出常规的模式；古典，理解为代表过去文化特色的一种正统和典范；乡村美学，自陶渊明始，集“自然之美”“淡泊之境”“悠游之乐”这三重境界，使之成为田园诗歌和乡野文学的审美核心。

所以，白平早两年引进了蓝染工艺。蓝染作为上千年的一项染布工艺，集合了自然之美、手工之美，传递了一种慢生活的态度。同时，白平又从这里“嗅”到了商机，将产业融合，游客不仅可以来参观、体验，亲手制作后的成果还可以带回家收藏，这就形成了“带得走、留得住”的文化记忆，在创造财富的同时也满足了人们对精神生活的部分需求。

白平正在打造的一个板块是自然教育基地，让更多的孩子回归大自然、了解大自然，培育其适应能力和创新能力。“同时，将绘画、书法、印染、音乐等艺术与技术相结合，这就是‘活化’的生活。”白平说。

有这么多的构想，白平一一亲身践行。所以，他的后备箱里至少备有三双鞋子、三套衣服。一套便装搭配运动鞋，是他在陆地上劳作或巡视用的；一套工装和一双筒靴，是他下塘清淤或清理杂物时穿的；如果有需要接待的重要客人，他会换上一套西服，穿上皮鞋。但是，这样的时候非常少。用园里工人的话说，“你要找白庄主，园子里那个戴眼镜的、矮矮胖胖的，穿着最不修边幅的就是他了。”

如此接地气的白平还有很多构想，他想要利用在地自然文化资源禀赋，构建一个产业融合的文旅生活空间。前 13 年，他概括为人生的“上半场”，现有的田园格局、文化底蕴已经铸就；接下来的“下半场”，就属于他和他的青城湾，如何打造更多的消费场景，将古典文化和人们的时尚生活相结合，串联起人们的情感记忆。白平说，他将植入人文科学研究、大健康养生等产业，未来将继续探索和不断努力。

采访结束，夜幕悄然降临，庄园更多了几分悠然。当你听着屋外的溪流声，画眉鸟唱着催眠曲，头顶星空，这里的夜晚，足以盛放你全部的安宁。

赵　丽：深情牵挂大凉山

都江堰和凉山州布拖县，地图显示距离为 560 公里，驾车 9 小时左右能到达。但 2020 年 12 月底的那个冰雪天，赵丽在这条路上从早晨走到了半夜。

赵丽那次是去看望“儿子们”。从 2018 年开始，她就凭空多出了 3 个孩子，作为大凉山孩子们的“赵妈妈”，她把心思分成了两半，一半留在都江堰，一半牵挂着大凉山。

能有这段缘分，赵丽说还得感谢同是民盟盟员的陶启冬。

2018 年 6 月，都江堰市援彝干部陶启冬赴凉山州布拖县开展为期三年的脱贫攻坚工作，这期间他了解到极个别孩子家境贫困，虽享受了国家义务教育政策，但是生活费却无着落，随时面临辍学的困境。

陶启冬在民盟盟员群里发起了捐资助学倡议。当时，赵丽还只是一名入党积极分子。当天她一看到消息，就即刻添加了陶启冬的微信表达了资助意愿。经过确认，赵丽选择了 3 名特困孩子。2018 年秋季开学前，她将 3 个孩子每人一年 5000 元的生活费汇到了专有账户。

这 3 个男孩，分别为 14 岁、6 岁和 11 岁。当时，14 岁的小可读初一，开学时他在作业本上写下这样一句话：我要努力学习，不辜负爱心。赵丽说当她看到老陶发来的图片时，禁不住眼眶潮湿，她说那一刻真切感受到，她和孩子们的命运从此紧紧地联系在了一起。因为自己的一个举动，很可能就改变了孩子的一生。那一刻，她在心底对孩子们许下承诺：你们读书读到哪里，我就供你们到哪里。

2007 年，赵丽和老公徐鹏程创建了都江堰鹏程疼痛医院，走专科发展道路，专门治疗各种慢性疼痛和骨科疾病。两人分工合作，丈夫抓业务，赵丽搞管理，靠着精湛的医疗技术和周到细致的服务，医院渐渐有了一定知名度。管理偌大的医院，赵丽常常是起早贪黑，忙得脚不沾地。

可再忙，她还是想亲自去大凉山看望孩子们。

去之前，赵丽做了充分准备。让老陶量了孩子们的身高，比对了脚的尺码，给孩子们买了羽绒服、保暖衣和运动鞋。这次去，赵丽叫上好友马荣同行，她不仅想要亲自见见孩子们，且还存有“私心”，希望能多些力量再帮助一些困难孩子。

2020 年 12 月底，时值寒冬，大凉山滴水成冰。路况艰难，早晨出发，深夜才到。第二天上午，赵丽在学校的安排下与孩子们见了面。两年来，终于等到这一刻，孩子们一声羞怯的“赵妈妈”让赵丽瞬时“破防”，纯真的眼神里装满了对母爱的渴望，赵丽紧紧搂着他们，半天说不出话来。原来，这几个孩子都是事实孤儿，“妈妈”这个字眼已经很久没有他们从喉咙里发出来了。在他们无助、缺爱的时候，都江堰的“赵妈妈”从天而降，送来了关心、温暖和问候。那天中午，赵丽和孩子们共进午餐，全程她一个劲地给孩子们夹菜。临近元旦，赵丽还给每个孩子发放了新年红包。她想把两年来积攒的母爱都倾洒给孩子们。

分别总是来得太快。16 岁的小可已经用上了手机，两人添加了微信，赵丽给孩子的备注是：儿子。

当天下午，从大凉山返回都江堰，路上突遇暴雪，汽车艰难行走，时不时打滑，一车人都紧张地抠紧了脚趾头。赵丽说她也很紧张，可儿子小可在那头的问候却让赵丽温暖安心，“赵妈妈，您走到哪儿了？”“赵妈妈，好人一生平安。”“赵妈妈，谢谢您，我们爱您！”

如今，赵丽经常在手机天气软件里切换都江堰、布拖县，了解天气情况，打电话叮嘱孩子们好好学习，隔段时间，赵妈妈就要对着电话“啰嗦”一番。爱出者爱返。去年春节前，小可给赵妈妈寄来了腊肉、土豆和荞麦面，通过多频次互动，母子俩的心紧紧依偎在一起。

时间一晃就过去了5个年头，2022年的这个开学季，小可就上职校二年级了。初中毕业以后，小可因为文化课成绩比其他学生差了一截，没能考上高中。赵丽反复鼓励孩子，并根据孩子特长帮助他作未来职业规划，最终小可选择了读职校汽车护理专业。赵丽多次叮嘱小可，扎实学一门技术，将来走到哪儿都有饭吃。

不知不觉中，小可已悄悄地将"赵妈妈"这个称呼的前缀去掉，"妈妈，身体怎么样？工作累不累？""妈妈，这会你在工作吗？有没有打扰你？""儿子，我还好，就是牵挂你！""儿子，近期学业怎么样，要多看多思考哈。"

都江堰和大凉山相距遥远，赵丽却通过献出一份母爱，捧出一颗真心，拉近了彼此之间的距离。为孩子们插上梦想的翅膀，助力他们成人成材，"赵妈妈"有着朴实的愿望：只希望他们长大了做一个对社会有益的人，帮助改变家乡面貌。

2018年春节前夕，习近平总书记冒着严寒，翻山越岭，深入大凉山腹地看望贫困群众。同年，四川省开始了全省"总动员"赴大凉山开展援彝工作，历时三年，打赢了一场艰苦卓绝、可歌可泣的脱贫攻坚战役。巩固拓展脱贫攻坚成果，助力乡村振兴，凉山彝区翻开了新篇章。乡村人才振兴，是实现乡村振兴的关键所在。赵丽，以其博大的胸怀，为大凉山乡村振兴贡献了一位都江堰母亲的力量。

经过几年考察，赵丽已于2019年成为都江堰市民盟总支的一名正式盟员。民盟这个党派内多是医生和教育工作者，大家都在各自的专业领域内发挥优势，建良言，出实举，为城市社会经济发展添砖加瓦，她为能成为其中的一员而感到骄傲自豪。2022年，中国共产党二十大胜利召开，2022年是中国共产党明确提出统一战线政策100周年。赵丽说，她将继续发挥民主党派人士力量，为都江堰市统一战线工作添砖加瓦。

2020年底亲赴大凉山后，赵丽和好友又认养了3个孩子。截至目前，资助孩子已达6个。她目前的心愿是：继续发动身边更多人去关心关爱大凉山的孩子们。

又到了开学季，大凉山的孩子们也将迎来新学期。在蓝天白云的映照下，孩子们的笑容如盛开的索玛花，格外甜美、格外动人。

老　杨：面朝田野再出发

山村寂静，每天早晨4点左右老杨（杨帆）就醒了，此时，黎明的寂静让他的思维最为活跃：最近青苔该怎么防治？小龙虾又该增加高蛋白了……一小时的冥想让他找到很多灵感。5点，老杨起床去池塘里扯地笼，小龙虾昼伏夜出，头天傍晚放下去的地笼，一早再收上来，每一网都差不多二三十斤。8点左右，老杨就开始分拣小龙虾，按照个体大小，将其分为大中小三等。中午午休，下午售卖。傍晚时分，老杨开始一个个池塘地对小龙虾进行投喂，一根竹竿、一块长方形塑料板，老杨泛舟池塘，一圈圈荡开的波纹好似他舒展的笑脸，在余晖的照耀下，老杨撒下希望，收获理想。

政府举办虾蟹节，老杨和他的小龙虾进入了更多人的视线。他养的小龙虾个头肥大、肉质鲜美，由于是清水养殖，其小龙虾的外表又很干净。跟老杨攀谈才知道，他不仅有着认真执着的创业精神，更有着严谨求实的科学态度，所以养殖第一年就取得了喜人的成绩。

虾肥蟹美清水漾

导航输入吴家老碾。走彭青路，穿过一条1公里左右长的村道，村道两旁高大的水杉勾勒出一幅静谧的乡村画面，蒲津社区就掩映其间。顺着路边的指示牌，很快我们就到了蒲津社区 11 组稻田虾蟹养殖基地。村道一旁是玉米地，快成熟的玉米棒子似要破壳而出，紫色的是茄子，青红兼有的是番茄，在一览无遗的坪坝上，远处的青城山就在前方，微风吹动，头顶上的小风车呼啦啦旋转，让人不禁惊呼：“这才是真正的田园!”

老杨 300 亩的虾蟹养殖基地就分布于田园间。

池塘边的太阳伞下已经站满了垂钓的人群，一根简易竹竿，一块猪肝做饵，左手持钓竿，右手握渔网，只等大虾上钩。垂钓图的就是一个放松和乐趣，所以耳边不时传来这样的声音：“哎呀，差一点就钓上来了，怎么又掉下去了呢?”“快看，快看，大虾在前面。”惊呼声、欢笑声似把水面惊起了微澜。

说起养虾的初衷，老杨笑称人生总是有许多的“偶然”。5 年前，他去云南旅游，旅行途中碰到一位投缘的中年男子，两人惺惺相惜，很快成为了好朋友。了解到对方一直在从事水产养殖并且效益不太好时，老杨暗想：“水产养殖真有那么难吗？我倒想要试一试呢!”说试就试的老杨随后在这位朋友位于四川眉山的养殖基地试养了几亩小龙虾，他做事的严谨态度和一般人不同：小龙虾什么时候该投苗？它们的生活习性怎样？如何提高产量？边思索边学习，通过 4 年的反复实践，老杨做到了心中有数。

那年夏季，老杨怀揣着经验和满腔热忱回到都江堰市，反复考察后，在安龙镇蒲津社区租下几百亩地，开始了他的小龙虾养殖生涯。

沉下心来做农民

一顶草帽、一把铁锹、一双拖鞋是老杨的标配。如此接地气的他，也早已习惯人们以“老杨”来称呼他。一年时间的变化不可谓不大，繁重的劳作让老杨从 180 多斤变成了如今的 110 多斤，但却越发精气神十足。

近花甲之年的老杨完全可以选择一种更轻松的生活方式。

回忆当初，老杨毕业后端上铁饭碗——进入政府部门工作。不喜欢按部就班的他，辞掉公职，一门心思钻研起“生意经”，颇过了一段志得意满的日子。随着年岁渐长，老杨内心逐渐澄净，他越来越忠实于内心的声音："现在哪个喊我捡金子我都不去，只想脚踏实地干一番更有意义的事。"

于是老杨拉上弟弟，两人一起到乡下当农民。

有了前些年的积淀，老杨开始大刀阔斧地干：挖好池塘，从湖北运来虾苗和水草，开始了他的水产养殖之路。这些年，老杨通过外出学习，积累了很多理论知识。可理论一定要应用到实践当中，得出的最终结论才是自己的"宝贝"。所以就连种植水草老杨都有自己的见解，"江苏等地一个池塘只种一种水草，而我则根据都江堰市的气候特征和小龙虾的生活习性，种了三种水草，让它们在不同温度下都能找到适合自己的栖息地。"小龙虾在什么时间段该怎么投喂，老杨都有详细记录。据介绍，小龙虾是甲壳类生物，呈跳跃式生长。所以在蜕壳前后的一星期，需要对它们进行高蛋白喂养。水温高的时候，水溶量大，小龙虾活动频繁，这时候也需要增加植物蛋白和动物蛋白。而在高温期，还需要加入大蒜素和防肠炎药，以减少病虫害的发生。

在老杨眼里，只有把养殖对象人性化，和它们建立情感，你的付出才会得到相应的回报。

泛舟水上撒希望

下午5点，跟随老杨去池塘喂食。为了更好地利用空间，他在池塘的田埂边种上了玉米、大豆等，成熟后的玉米、大豆就成为了小龙虾最好的食物。

"看见水草了吗？它们好漂亮！""水草在哪里？"波光粼粼的水面上，只有小龙虾吐出的一个个小水泡，随着水汽蒸发在水面上形成氤氲之气。而水草，却始终没看见。为了一探究竟，记者搭乘老杨的"塑料船"，到池塘里来个零距离观察。

池塘很大，一个有几千平方米。站上"塑料船"，老杨竹竿轻轻一点，水波一圈圈荡漾开来，船就离开水岸，向深处划去。越到中心，水质越清澈，终于看清了水草的真面目。嫩绿的水草在水底下编织了一个清新的世界，水波荡漾，水草摇曳，它们看似柔弱，却对小龙虾起着保护作用，它们能帮着小龙虾躲避天敌，还可以在小龙虾蜕壳期间提供独处的空间，让小龙虾能够较为顺利地蜕壳，大幅度提高了小龙虾的蜕壳存活率。

夕阳西下，老杨抓起一把把饲料向水中抛洒，动作优美，好似天女散花。实际上干农活是十分辛苦的，可老杨却甘之如饴，心中喜悦，“撒一把饲料下去，或许明早小龙虾就又长了一点点，这是一件多么高兴的事。”老杨说。是的，播撒的是希望，收获的是理想，老杨正朝着自己的理想一步步迈进。

成功经验再复制

生产高品质、高产量、高社会效益的小龙虾，目前老杨已经做到了。

采访过程中，不时有附近村民前来购买小龙虾。有的是自己吃，有的是餐馆根据客人的需求来拿货回去加工。徐老五就住在老杨养殖场后面，仅一墙之隔。他购买了 5 斤大个头的小龙虾，“家里来了两个朋友，我要用我们当地最好的小龙虾招待他们。老杨的小龙虾肉质鲜美，前面吃了几次感觉味道都很巴适。”

从小龙虾水产养殖到走上餐桌，老杨所在的蒲津社区 11 组已经形成了产销产业链，而该社区的很多村民都是直接的受益者。在乡镇和社区的牵头下，现蒲津社区已经打造成了垂钓、观光、美食、休闲的乡村旅游目的地，很多村民都吃上了旅游饭。

水产养殖不是一蹴而就的事，老杨说他一是坚持，二是探索。只见工地上挖土机正在紧张地作业，那是老杨在为“帐篷酒店”的搭建做准备，“年轻人喜欢探险和激情，在帐篷里数星星应该会带给他们特别的体验。”

老杨最大的梦想就是把养殖小龙虾的成功经验不断复制，帮助更多有追求的年轻人实现梦想。“未来，我这里还将打造娱乐区、观光体验区、亲子乐园等，让更多的孩子了解自然、认识自然。田埂两边将种上向日葵，成熟的季节会是金灿灿的一片。”老杨将目光投向远方，未来这里一定会成为大家所期待的模样。

易宗清：听党话跟党走

他一辈子默默无闻地干后勤工作；他没有轰轰烈烈的光荣事迹，却立了5次三等功、3次被评为全国先进个人并受邀参加国庆观礼；他乐观积极，退伍不退志，从副师职退休后，一心扑在军休所各项工作上；他说只要用心干事情，付出时间和心血，总会取得成绩……

他，就是我市军休干部、共产党员易宗清。

向英雄模范看齐

采访是临时约定的，一个细节颇令人感动，打电话时老先生正在朋友家，但他在电话里爽快地说："我马上就回去，20分钟后见。"老先生给人的第一印象就是：很为别人着想。

见面后，记者发现，易老先生虽已近90岁高龄，可步伐稳健、思维敏捷。说起往事，如数家珍。

易宗清是我市天马镇牟家滩人，爷爷是方圆几十公里的大善人，家教良好。因为受到家庭的熏陶，他小时候就喜欢帮助别人。

1951年，易宗清在原灌县中学上学期间，学校邀请到当时灌县的劳动模范骆成福、张青云二人来学校作报告。当听到两位劳模到北京出席劳模大会并受到毛主席接见时，同学们炸开了锅。半个多世纪过去，易宗清仍记得自己当时激动的心情，“见毛主席是多么光荣的一件事啊！全中国那么多人都想见见毛主席，可真正能见上的能有几个人呢？当时我心里就暗暗鼓劲：我也要当劳动模范，我也要去见毛主席。”这个愿望像一颗种子埋在了易宗清的心里，只等合适的土壤就会发芽生长。

1953年，17岁的易宗清高中毕业后被保送到原北京第一炮兵技术学院，后又进入原南京第三炮兵技术学院。1956年初，还没毕业的易宗清光荣地加入中国共产党。当时，在学校里他学习的英雄模范是刘胡兰、丁佑君等。

毕业后的易宗清留校当了一名“区队长”，等同于班主任。在那个火热的激情满怀的年代，毕业前夕，同学们纷纷写了决心书，表示要到边疆等最艰苦的地方去，越艰苦的地方越能锻炼人，大家都怀着理想抱负渴望建功立业。易宗清也不例外。毕业分配通知书下来，当得知自己被留校，易宗清当即坦然接受。回忆当初，他依然言语铿锵，“共产党培养了我，我就一定要听党的话，党叫我干啥我就干啥。”

1957年，易宗清作为学院树立的标兵和先进典型，被选派到北京参加全国军械先进工作者代表会议，并受到毛主席的接见。那一刻，亲眼见到毛主席的易宗清激动万分，这样的圆梦时刻成为他一生难以忘怀的美好回忆，而为人民服务也成为他一生的理想和宗旨。

哪里需要去哪里

易宗清是个极其细致的人，曾经的获奖证书、老照片、参加各种会议的参会证、代表证等他基本保存完好。易宗清共立了5次三等功、获得3次全国先进个人荣誉称号。1983年，被中国总后勤部授予“建设社会主义精神文明先进个人标兵”，这个奖项等同于一等功。

哪里需要去哪里，易宗清先后去了贺兰山军马场、五七干校，最后从总装备部石家庄军械工程学院副师级职位上退下来。工作期间，他始终兢兢业业、事无巨细、一丝不苟，在平凡的岗位上干出了不平凡的事。

1976 年，易宗清调到石家庄军械学院训练部器材科当参谋，学院 34 个班，他大小事都管。教学、科研、场地、教师、物资，凡是找他办事的，都样样有着落，件件有回音。“每天晚上，我把第二天要做的各种繁杂事写在纸条上，放在帽子里，把帽子放在门口凳子上，上班经过门口戴上帽子，按照纸条记录，依次挨着办事，绝无遗漏。”易宗清说，有时候遇到领导忙不好找，他就在上班路上等，或到领导家请示，拿到领导批示后及时解决问题。

另外，他还善于学习，不断总结。

20 世纪 60 年代，易宗清曾一个人负责四个生产队的社会主义教育工作。当时公社要求所有的小麦田都要挖沟放水，就有一个生产队硬是不挖。面对这一情况，易宗清没有硬性执行上级要求，而是认真下队调研。当了解到这个生产队的麦田在长江边，均是沙地。下雨后，积水全部都流走了，不需要挖沟时，易宗清如实向上级领导作了汇报。“这就是马列主义活的灵魂，具体问题具体分析，再具体对待。”此后，易宗清一直以这样的态度对待工作和生活。

像这样的事情不胜枚举，比如修水管、掏厕所，帮助后进学员等，易宗清做到了事无巨细、一丝不苟。

1984 年，因工作积极，政治思想好，先进事迹突出，易宗清被选为解放军国庆观礼代表，在人民大会堂，受到邓小平等中央领导的亲切接见并与之合影。如今，再打开这张长卷照片，易宗清需要拿出放大镜才能够辨识出自己。可回忆往昔，他仍难掩激动之情。

发挥余热永向前

1988 年，易宗清退休以后被返聘回单位，直至 2000 年左右回到都江堰军休所。如今，石家庄军械工程学院还在传承“发扬易宗清精神，向易宗清学习，做易宗清式的接班人”。

回忆自己一生中的众多荣誉，易宗清感慨地说：“没有中国共产党，就没有我的今天，是党把我从一个贫困农民的儿子培养成为一名军事参谋的！”为了回报党的恩情，回到都江堰的易宗清并没有闲着。

“活到老，学到老，改造到老，为人民服务到老。”这是易宗清老人的世界观和座右铭。他是这么说的，也是这么做的。他被大家推举为军休所管委会主任，凡事亲力亲为，工作忙时，夜里四五点钟就起来写东西，制定工作方案。为了让退休干部们的晚年生活更丰富多彩，他发动干部和家属编排歌曲、舞蹈等节目，在节假日、建军节、春节联欢等庆祝活动上进行表演。军休所还建立了荣誉室、图书馆，成立了太极拳、门球、歌咏等队伍，撰写军休所老干部先进事迹等工作也开展了起来。

除此之外，易宗清注重家风家教的传承，以家庭和谐团结为基础，教育子孙后代爱国爱民、遵纪守法，鼓励他们上进。前几年，考虑到自己年纪确实大了，要让更多的年轻人挑起重担，易老先生辞去了管委会主任一职。面对大家的挽留和赞誉，他总是说自己只是出了一点力，功劳是大家的。老先生高风亮节、奉献不已的精神，真不愧：忠心耿耿干革命，人老心红永向前。

朱大海：大熊猫守护者

大熊猫国家公园都江堰片区，是大熊猫国家公园四川片区的重要组成部分。沿着公路前往龙池，只看到大山莽莽苍苍、绿海如诗如画。在这美景中，你很可能会邂逅一群匆匆行走的巡护人。他们年复一年、日复一日地穿行在原始而古老的山涧峡谷里，监测、巡护、搜寻、统计着那些生长、生存于这片古老土地上的各种动植物。他们常年以山为伴、与林为友，看星辉滑落、倦鸟归林。

诗情画意的背后是脚步一步步地丈量。龙池和大水沟保护站日常巡护样线 12 条，每年开展常规巡护 800 余人次，野生动植物监测 100 余人次。朱大海作为大熊猫国家公园都江堰管护总站龙池保护站站长，更是用他的脚步和情怀将大山勾勒，谱写了一曲人与自然的和谐恋歌。

山涧中走出一条路

“我们不是在山上，就是在去往上山的路上。”这是基层保护站野保人的生活常态。

电话约朱大海做采访，他第一句就问：“要不了多久吧？”因为他还要赶着进山。一周 5 天，除了星期一上午在单位开例会之外，其余 4 天半的时间，他和同事都在山里。

2001 年 12 月，朱大海来到大熊猫国家公园都江堰片区（龙溪—虹口国家级自然保护区），由于所学专业就是植物研究，所以都江堰优质的生态、动植物的多样性让他很快爱上了这片土地。后来，他与虹口的一位姑娘结婚生子，更是将自己融入了大山。所以，来自江西九江的他，如今说着一口流利的四川话。

大山给予朱大海的深刻记忆莫过于四进光光山。

光光山位于自然保护区核心区，海拔 4582 米，因其山顶怪石嶙峋，几乎终年积雪、寸草不生而得名，但这里却有独特的高山生态系统和特有的野生动植物类群，尽管条件艰险，但是极具科考价值。

朱大海先后四次带队到光光山开展科学考察，是保护区唯一一个去过两次以上的工作人员。他清晰记得 2012 年第四次去光光山的情形，“当时接到的任务是进山为科考队员考察一条线路，我一个人带 9 位向导，不仅要保护自己，还要对这 9 位同志的生命财产负责。”当时是 5 月初，最初几天朱大海他们只在埋头赶路，沿途设立露营、科考标记。第六天登顶光光山后，不料气候突变下起大雪，大家只能用爬山的登山木棍作支撑，头上顶块塑料布，挤成一堆抱团取暖。气温零下，没手机信号、没有熟食、下不了山，所有人都在绝望地向老天祈祷。第二天下午，天色终于放晴，一位向导晃动手机突然找到信号，那一刻，大家都赶紧打电话向家人报平安，只“喂”一声，几位七尺男儿都流下了滚烫的热泪。而朱大海仰着头让泪水倒流回去，他有着短暂的小确幸：“终于又过了一道难关。”正所谓站得高、看得远，之前趟过的峡谷沟壑、穿过的原野丛林、攀爬过的陡峭绝壁，对于朱大海来说都已成为过往。

做大熊猫“守护神”

朱大海获得了四川“最美巡护员”荣誉称号。这些年，靠着朱大海和同事们的巡护，目前，都江堰有野生大熊猫 16 只，以及川金丝猴、扭角羚、林麝、亚洲黑熊、藏酋猴等国家一级、二级保护动物。

这些数据都是朱大海与同事一步一步走进无人区，一点一点拼成的一张越来越完整的拼图。“巡护工作不光是走走看看，更需要调查记录。”对于外界想象的每天工作在天然氧吧，工作就像旅游一样，看日出，看繁星点点的夜空。其实不然，朱大海经常说的一句话是“安全就好”。跋涉的辛苦、巡山的孤寂，曾经没水、没电、没手机信号（2018 年底才安装 WIFE）的孤苦在大山中都被一一消化。

2018 年底，人工圈养的大熊猫“琴心”和“小核桃”在龙池放归，朱大海是监测队员之一。作为首次在成都范围内放归的两只大熊猫的“守护神”，他和同事们长期承担着跟踪监测的任务。

除了无线电监测、GPS 项圈数据下载及分析，还有大熊猫新鲜粪便样品采集、栖息地环境和主食竹调查、红外线相机监测等多种手段。

大熊猫有很强的领地意识，会通过在树干倒立撒尿、将肛周腺分泌物涂抹在树干上等方式“标记”自己的地盘。强壮的大熊猫会拥有资源丰富、上风上水的“领地”，其他大熊猫在嗅到“标记”后会主动回避，否则，很有可能引发一场争夺领地的“战争”。

如今，经过一年多的跟踪监测，“琴心”“小核桃”已经适应了野生动物“社会”的“规矩”，将它们的各种社会技能施展开来，这是朱大海和同事们最喜闻乐见的。

发现新物种填补空白

野外巡护员是一群游走在自然世界和人类社会之间的人，他们常常“失踪”，十天半个月杳无音讯。但这“失踪”又很规律，几乎掐指可算——当他们消失于社交网络，就意味着又一次进山任务开始。

进山这些年，朱大海总是有很多发现，普通人眼中可能寻常的花草，在他眼里都自有来历。

每一次的“失踪”，都意味着一些收获。对朱大海来说，他在都江堰密林中一次次穿过，收获的除了大熊猫的足迹，还有更多植物新物种被发现。2014年，他发现了细枝箭竹，这一发现，为都江堰片区大熊猫的食谱上又增添了一道佳肴，对该区域大熊猫及栖息地的保护和研究有着重大意义。

惊喜总在路上，朱大海又在保护区内发现了都江堰新分布植物——光叶木兰。光叶木兰是我国横断山脉特有的一种原始古老孑遗植物，属国家极小种群物种，分布区域小，数量少。

大熊猫国家公园都江堰片区是大熊猫重要的栖息地，也是《中国生物多样性国情研究报告》确定的11个生物多样性保护的关键区域。区域内的生物多样性非常丰富，是全国生物多样性“五大基地”之一。这次能在都江堰区域内发现新分布植物物种光叶木兰，对该区域的生物多样性保护与研究具有重要意义。

常年和大山作伴，与清风明月为伍，朱大海落下了一身职业病，他虽心中有苦，但眼中有光，那是对自然的热爱，对大山的眷恋。这些年，他发表了30多篇科研论文和科普文章，因专业水平突出，被授予“都江堰市第七批拔尖人才”，被评为成都市“蓉城先锋十佳党员示范标兵”等。顶着光环的朱大海，依然行走在路上，坚守在路上……

第八辑 手艺人

手艺、守艺，守得住的才叫艺！

守候、等待，都是一段寂寂的漫长时光。

总会有不期而遇的温暖和生生不息的希望，那些清荒的日子，都是对生命的洗礼。

时光会抽走生命的活力，却带不走对生命无限向往的热忱。

杨友德：传承陶艺泥留香

在漫长的中华文明历史长河中，很早便有了陶器的身影，盛水、置米、储酒、存茶、装饰……陶器在不同的时期以不同的身份展示着自己独特的魅力。

在都江堰市职业中学，工艺美术老师杨友德潜心研究古法制陶工艺，在不断地探索中，他制作的陶器愈发古朴、温润。通过在青城山精品民宿展开交流和展示技艺，他又将陶艺文化传播开来。如今，他的学生也逐渐对陶艺感兴趣，在学习和传承中，杨友德匠心独运，化土为陶，让泥韵留香。

匠心独运　泥本无形化有形

“白玉金边素瓷胎，雕龙描凤巧安排；玲珑剔透万般好，静中见动青山来。”这是清代诗人对陶瓷的妙曼描绘。在都江堰，随着玉堂窑遗址瓷器、陶器的出土而被更多人所关注，虽然玉堂窑早已随着岁月轮回渐渐沉寂，但我市制陶人无不在潜心钻研其烧制技艺。杨友德便是其中一位，他化土为陶，让泥韵在指尖弥散开来。

采访当天，正值职业中学社团活动开幕。活动现场，学子们纷纷展示出自己的拿手作品，偌大的校园内甚是热闹。而在工艺美术教室里，外面的喧器被隔绝，幽静的室内，只有拉坯机发出微弱的嗡嗡声。杨友德坐在拉坯机前，双眼凝视着手中的灰泥，双手如母亲呵护婴儿般温柔。在一圈一圈的旋转中，一坨灰泥逐渐升高、降低，不断变换形态，最终变为一只斗笠杯，在他的手中重获新生。

杨友德的老家在四川内江，出生于农村的他对土地、手工艺有着深切的感情。大学毕业之后，他选择来都江堰工作、定居。在一次美术展览中，他无意中看到一些玉堂窑碎瓷片，其光滑的质地、温润的色泽，让他喜不自禁，一见钟情。在久久的凝视中，对玉堂窑、对陶艺的热爱让他萌生了创作的热情。

从2004年开始，杨友德便带着学生们到唐昌桂花农窑开展教学实践活动，筛泥、淘洗、拉坯等制陶工艺逐步掌握之后，他开始从网上购来泥土、自制工具，正式开始了制陶生涯。“可是，无论怎样，在成品和釉色上都达不到我想要的效果。”这些年来，杨友德多次到各地制陶发源地考察、交流、研究学习，对泥土性能的区分、工艺流程精细化等都有了更多的心得。

初心不改　不断探索陶焕彩

通过反复的实验、走访和钻研，有一次，杨友德无意间在朋友家的屋后发现了他想要的土质——一种青灰色的黏土。如获至宝的他，当即用车拉回几百斤，将粗泥打散，加入清水，经过上千次的敲打，形成熟泥，然后再一坨坨装袋，让其酝酿成熟。每次做陶器前，先将泥土取出来，再用力揉泥。为了展示技艺，杨友德取出一坨泥现场制作。“别看一个简单的揉泥动作，也是非常讲究的。揉泥就像揉面一样，要保证其内部熟透，否则在拉坯的过程中就会断裂。”揉好的陶土具有非常大的黏性，而这黏性的发酵程度，杨友德全凭多年的经验掌握于心。

用泥弓将调和好的陶泥切割，简单揉捏塑形后，即可上拉坯机。看到一块陶土在杨友德的手里变得异常柔韧，记者也想亲自试一试。“手掌用力贴着它，顺着旋转位置，手指找准中心点，塑形。”对于初次尝试的人来说，要将陶土塑造出完美的弧度，还真是不容易。拉坯塑形过程中稍有迟疑，就可能需要毁掉重来，而在杨友德手上，每一个动作都是一气呵成，看起来如行云流水般。看到一件件艺术品随之诞生，宛如泥土中开出花来，那种成就感和满足感无可比拟。

陶坯属于半成品，还需阴干，经历多次修坯、敲打方可成型，靠的就是制陶人的审美能力和对线条的把握。之后，它还将经历烈火的淬炼，最终才成为一件陶艺作品。杨友德介绍，随着他制陶工艺的日臻成熟，经常会接到一些高端精品民宿邀请，或定制陶器，或现场展演，在不断地交流和展示中将陶瓷文化传播开来。

杨友德端出一套自制陶艺茶具，朴实的外表，细腻的质地，青灰的色泽，让每一个茶具都发散出独特气质。“这就是手工的魅力，个个都不相同。”杨友德作为一名工艺美术老师，他深知传道授业的重要性，所以，虽然制陶并没有列入教学内容，但只要学生感兴趣，他都倾囊相授。谈到未来规划时，杨友德告诉记者，“在工作之余，会继续坚守制陶，‘工匠精神’的提出是鼓励大众创业和万众创新，也是对我们手艺人的鞭策，我会在遵循古法的基础上进行创新，创作出更多陶器精品，并将之传授给学生，将陶艺发扬光大。”

胡　明：染蓝春风长断守

蓝染，草木染的一种，古老的人工印染技法，能染出这世上美丽又独特的蓝色——中国蓝。喜欢这种颜色的人，形容它有种特别的风味和复杂的美，就像在蓝色固有的静谧中悄悄掀起的波澜。

在柳街青城湾湿地庄园偶遇了这项古老技艺，宜宾80后姑娘三三在庄园内打造了一片“蓝色天地”。三三的织染坊集展示、体验、售卖于一体，从传统蓝染产品，到各类手工艺品与日用品应有尽有，传统植物蓝染工艺在她手里又焕发了新的活力。

心灵深处的蓝染情结

一进入织染坊工作平台，首先映入眼帘的便是晾挂着的十几条长余几丈、轻薄如纱的蓝染布，深浅晕渲的图案与明媚的阳光相互映照，艳而不媚，雅致不失活泼，轻扬着冬日的暖意和飘逸。

走进织染坊，各式各样的蓝染工艺品陈列在橱架上，就连头顶上，也是一片“蓝天白云”，再加上内设辅以书画装饰，摆放了老旧桌椅，整个环境非常有文化味道，令人心旷神怡。

让人惊讶的是，只短短 3 个月时间，三三就将这里打造得如此有文艺范儿。这位 80 后姑娘，眉眼温和恬静，自有一种古典美，她讲述她的蓝染技艺是家传，源自外婆。

三三原名胡明，老家在四川宜宾兴文县，她排行老三，所以大家都习惯叫她三三。小时候在老家看到外婆染布，她就表现出极大的兴趣。“外婆用板蓝根做原料，染衣服、裤子等，多数都是深蓝，花样比较少。我经常将一块布料用针扎出各种纹路，再扎一个‘揪揪’丢到染缸里，就是我最早的蓝染作品。”三三讲述，小时候的她比较调皮，喜欢各种有趣的玩意。可是，随着社会的发展，科技的进步，这样的手工技艺逐渐淡出了人们的视线。长大后的她，只能将这份蓝染情结深藏在心底，拜师学习绘画，一步一步扎实积淀。

近几年，三三又重拾手艺，将绘画和蓝染相结合，独特的审美加上特有的技巧，她创作出的产品很受欢迎。随着她在圈内的名气越来越大，青城湾湿地庄园庄主白平将之请到了青城湾，开辟场地、搭建房屋、修筑水池，短短 3 个月时间，一座完整流程的织染工坊搭建而成。所以，如今市民、游客走进青城湾，远远就能看到蓝染制品飘扬在日光之下的绚烂，这已经成为庄园中一道亮丽的风景线。

纯植物幻化迷人蓝

三三的蓝染原料主要采用的是板蓝根叶子。

《诗经》有云：“终朝采蓝，不盈一襜。”几千年前，中国古人便已经懂得利用植物染料进行织物染色。板蓝根是常用药物之一，可它到底长什么样呢？在工坊外面的园子里，只见一株株一尺多高的绿叶植物上面开着几朵喇叭状的小花，叶片宽大，边缘有锯齿，凑近一闻，叶片似有淡淡药味。三三介绍，这就是板蓝根，是她从老家带到都江堰的。目前，她在青城山王婆岩发现有很多野生板蓝根生长。“明年春天，园子里将大量种植板蓝根，让大家全面了解从种植到生产，再到制作蓝染的过程。”

三三介绍，用板蓝根叶子做染料的纯植物染，对布料要求很高，棉布、丝绸和亚麻三种材质皆可“幻化”成带有迷人蓝色印记的笔袋、枕头、桌旗，甚至是团扇、围巾、灯具等。如果印染时用细棉线扎出任意形状，那么每一件作品都将拥有独一无二的纹理，这便是中国传统工艺——蓝染的魅力。

目前，三三所从事的蓝染主要有扎染、蜡染和拓染三种方式。扎染是用线在被印染的织物打绞成结后，再进行印染，然后把打绞成结的线拆除的一种印染技术，有无数种变化技法，印染后的花纹各有不同。这在机械印染工艺千篇一律的时代，有着独属于手工印染的浪漫。

而在整个工艺流程中，最难的当属“养缸”。板蓝根叶经过采集、捣碎、过滤杂质，再加入石灰，搅拌至蓝色靛泥，待沉淀分层，去掉废水，获得染料，其工序繁多。而沉淀在缸里的染料，需要随时保持活性，这就需要经验。“如同面发酵一样，需要随时保持菌群的活性，否则，就是一潭死水。”三三介绍，因为蓝染制作全程都使用天然的原料，就算是废水，也能自然降解。

文创产品探索之路

一个月时间，织染坊接待游客数千人，大家不仅体验了蓝染传统手工艺的魅力，且带走了心仪的文创产品。记者也体验了一把。选取一条纯白色棉布围巾，将其浸湿拧干，按照自己喜好，将不需要印染的部位用石头包裹、或用木条夹紧。随后，将围巾的一半浸泡在染料里，用手揉搓约一分钟；再将另一半浸泡在缸里，再用力揉搓。这时，“见证奇迹的时刻到了”，只见白色布料渐渐变成青色，将拧干的围巾拿到太阳底下抖一抖，在光合作用之下，青色变成蓝色，先是深蓝、再是浅蓝。最终，一条印出花纹的蓝色围巾展现在记者眼前，这份瞬间幻化的、让人眼前一亮的色彩令人惊艳，这份独属于自己创意的作品带给人莫名的感动。

应成都市总工会之邀，三三带着她的蓝染作品赴成都参展，她也经常受邀到绵阳、乐山等地授课。虽然醉心于植物蓝染这样的传统工艺，但三三却坚定要走产业发展之路。目前，她和行走艺术家宋歌合作，联手开发更多文创产品。“都江堰山水蓝染作品已悬挂于湖心亭。熊猫文化作为都江堰地域文化之一，也将融入到作品中。未来，青城湾湿地庄园里处处可见蓝染的影子。”三三说，“文化是魂，产业是体，文化没有变成产业就会被边缘化。”未来，她将继续坚守情怀，用匠心描摹蓝色天地。

王宗柏：拉一曲丰盈人生

在银杏街道惠民社区康桥水乡A区，每天下午，都有优美的二胡、电子琴等乐声萦绕，那是从社区居民王宗柏家传来的排练声。而令人感叹的是，大家所用的二胡、板胡、京胡、小提琴都是80岁的王宗柏亲手制作而成。

在我市“文娱圈”里，王宗柏制作的乐器颇有盛名。从修房子、打家具到制作二胡，从粗犷到精细，王宗柏的木匠手艺贯穿了他的一生。

自学成才　木工手艺贯穿一生

初见王宗柏老人，皮肤白净，面容慈祥。说起制作二胡，聊起二胡演奏，王宗柏即兴拉了一曲藏歌《卓玛》，只见他眼目微闭，一手拉弓，一手按弦，一曲优美的旋律就流淌开来。

音乐是最好的情感催化剂，一下子拉近了人与人之间的距离。说起自己的木工生涯，王宗柏眉毛上翘，嘴角扬着微笑，说自己纯属自学成才。

王宗柏自幼爱好木工，先后当过电厂工人和养路工人。用他的话说，曾经“饭逼慌”（吃饭都成问题），所以通常家里的桌子维修、板凳制作等木工活都是他找来边边角角的木料自己做。20世纪80年代初期，我国迎来家庭联产承包责任制改革，当时的灌县农业生产采取包干到户的形式，所以各家各户纷纷打柜子屯粮。彼时王宗柏的手艺派上了大用场，在大家的口口相传中，不仅周边乡邻邀请他，且城里人也邀请他做木工活。“当时做的家具有柜子、写字台、三弯床等。三弯床后来变成高低床，又变成靠背床，柜子有五斗柜、箱柜、角柜等，最后做组合家具，城里人做的家具要更精细一些。”据王宗柏讲，当时主人家都很尊重手艺人，不仅好酒好菜招待，且工钱给得爽快。他也从最初一天 1. 5 元、2 元的工钱逐步过渡到包工。

王宗柏楼上住户张氏夫妻俩 30 多年前的结婚家具就是请王宗柏制作的。虽然家具早已被淘汰了，但是他们依然记得当年的情形，“当时的三弯床质量很好，很扎实。就和当年的人过日子一样，很朴实。”曾经的大红家具，见证了张氏夫妻俩的幸福半生。

因为精良的手艺，20 世纪 90 年代，王宗柏进入一家建工机械厂做翻砂木模，按图施工，尺寸精确到毫米，他一直工作到 2008 年才告老回家。在机械厂工作期间，王宗柏出现过一次失误，“做搅拌机的陀轮，本来要做 8 根筋，结果只做了 4 根筋，最后导致钻孔失败，材料报废。”一生唯一的一次失误让王宗柏记忆深刻，此后他对自己的要求更加严格，这也为他后来精细制作二胡埋下了伏笔。

精细制作　拉一曲优美弦乐

多年的手艺经历，让王宗柏性格开朗随和。美妙的声音有相似之处，锯木头、推刨子多年的他逐渐爱上了音乐。告老回家后，他开始学习简谱，学拉二胡、弹奏电子琴等。那是 2012 年，一个偶然的机会，一个老哥们问他会不会做二胡。说者无心，听者有意，王宗柏琢磨后开始试着做。

从曾经大体量的家具到现在手可一握的精细二胡制作，这个跨度有点大。认准了一件事就要坚持做下去，王宗柏买来资料学习研究二胡的制作流程和工作原理。二胡包括琴头、琴筒、琴杆、琴轴、琴弦等几部分，而琴筒的制作则最考究。“琴筒一般是六边形，取相同大小的六面拼接而成，需要做得严丝合缝，浑然天成。琴筒的一端蒙上蟒皮，在蒙皮之前，先要做一个模具，把蟒皮蒙上之后，将模具贴上去用力使劲挤压，让其完全贴合。”几年间，王宗柏制作的二胡已经有上百把。触类旁通，他还做出了板胡、京胡、小提琴等。“板胡，音质轻快，一般用来演奏轻快欢乐的曲子；京胡是用来演奏戏曲的，其音质尖细。”

王宗柏工作室的一个木箱里整齐地装着他的木工行头，斧、锯、锛、刨、凿等一应俱全。虽然已经78岁，可王宗柏挥舞刨子时英武之气仍在，那些泛着岁月光晕的工具上，凝聚了王宗柏的汗水，也为他带来不小的成就感。而同时，他牵头组织的音乐队也已经在社区参加过多场演出。

随着王宗柏制作乐器的名头在我市“文娱圈”里越发响亮，惠民社区也积极行动起来，准备在社区党群服务中心为王宗柏开辟一间工作室，让王宗柏和他的伙伴们有个专门的排练场所，也可为更多文艺爱好者提供学习交流的机会，营造浓厚和谐的社区氛围。

王宗柏身板很硬朗，他说会将把木工活继续做下去，用他的话说：“有点事做，出门晓得朝东走还是朝西走，不然头脑一片空白。”手艺、守艺，我们看到，王宗柏坚守手艺的同时也活出了他的丰盈人生。

邓磨刀：风里雨里磨刀人

“磨刀哦，磨刀哦，磨剪刀菜刀……”曾经回荡在大街小巷洪亮的吆喝声，如今，在城市的街头已鲜少听见了。

那个冬日，记者在银丰路某小区偶遇了磨刀匠老邓，人称邓磨刀。他来自重庆大足，从事磨刀工作50多年，来我市已有20多个年头。每天，老邓肩扛板凳，一头安着磨刀石，一头挂着工具箱，穿行在都江堰的大街小巷，他洪亮的吆喝声成为很多人熟悉而温暖的记忆。

钝刀见刃　磨刀匠拿出看家本领

“你这把刀，应该从买回来就没有使用过。”在银丰路某小区门口，市民杨先生将一把菜刀递给邓磨刀，他接过菜刀，就给出了这样的判断。“是，就是还没有用过。”“那就要先‘启’一下哟。”通过仔细观察，原来邓磨刀的“启”，就是给这把刀开封。在书面语中，这又叫“戗”。只见邓磨刀拿出一根尺余长的铁杆，两头有横扶手，铁杆中间镶一把优质钢的戗刀，只见他将菜刀固定住，两手紧握戗刀，从刀头稳稳地、用力地拉到刀尾，随着一层铁花泛起，原本厚厚的刀口变薄、变亮。其实这种戗刀，就是个铁刨子。邓磨刀说：“也有的人用手摇砂轮代替戗刀，省力，薄厚均匀，但用砂轮磨刀刃，刀身遇热退火，会减弱钢性。”

菜刀启过后，接下来就看磨的功夫了。

开始磨刀了。邓磨刀横跨在木凳上，先挑选一块粗磨刀石，刚开始时，动作快、力度大。一会儿向磨刀石上浇水，一会儿停下来拿起菜刀左右细看，一会儿用拇指腹试试刀刃。途中不是换磨刀石就是在小铁砧上敲打。快收尾时，只见他的节奏放慢了许多，动作柔和了许多。最后磨完了，就抓一把碎布把刀身擦拭干净。杨先生接过刀满意地说：“你给我‘启’了后，以后我自己都可以磨了。”

紧接着，又有几位大妈大叔拿着刀前来，每接过一把刀，邓磨刀都要端详一阵，再选用不同的磨刀石。原来，邓磨刀的磨刀石分三种，一种是浆石，用于粗磨；再是油石，磨出刀锋；最后是细石，用于清口。一把钝口的菜刀，在邓磨刀的手里，只需一会儿工夫，就旧貌换新颜。不时地，他还把松动的刀柄重新箍紧，将刀身上的锈迹用砂纸细细清除干净。表面看上去粗糙简陋的他，这时显得温柔又细致。

在磨刀的过程中，磨刀人的磨刀石记录着磨刀人经年累月的旅程，那深凹下去的磨痕记录着重重叠叠的岁月。邓磨刀的面前摆放着许多要磨的刀：厚的砍骨刀、薄的切菜刀、长的水果刀、短的剪刀，他并不着急，稳稳地、一把把地缓缓磨着，一把刀磨完了，一个话题也讲完了。趁着间隙，他点燃一支廉价香烟，用力吸一大口，那个牌子市面上已经很少见了。在凛冽的寒风中，邓磨刀的故事仿佛随风飘散。

传承吆喝　街巷里的情感记忆

邓磨刀是重庆大足人，来都江堰已经20多年了。“20世纪90年代初，都江堰大道还在修建的时候，我就来了。当时我住在建设路人民旅馆。那时候磨刀几角钱一把。”邓磨刀对都江堰这座城市的记忆，在土生土长、人到中年的杨先生这里也得到印证。在杨先生的印象中，20年前，还可以看到本地磨刀人的身影，而现在，“听他们的口音，你就晓得他们都是外地人。”邓磨刀说。磨刀是个辛苦行当，很多本地人早就改行了，目前留在都江堰的几个磨刀匠，都是他的同乡。

据了解，重庆大足生产的刀具闻名全国，统称大足龙水刀，泛指重庆市大足区龙水镇一带生产的刀具，具有价廉物美、实用多能、经久耐用、钢火独到等特点，其产地大足龙水镇与浙江永康、广东阳江并列为全国三大五金刀剪之乡。随着大足生产的剪刀、菜刀远近闻名，相应的磨剪刀、戗菜刀的行当就应运而生。

70 岁的邓磨刀，10 多岁时就跟着乡亲们走南闯北外出磨刀，他这一生都以磨刀为职业，而他的同乡也遍布全国各地。在这个行业坚守了 50 多年，邓磨刀也见证了磨刀这项技艺的兴盛和没落，“以前磨刀，刚开始几分钱，然后几角钱，但是那时候钱比较‘贵’，所以挣的还可以。而现在磨一把刀 6 块钱，一天下来才挣几十块钱，大不如从前了。”虽然如今每个月挣不了多少钱，但邓磨刀说，由于一辈子只干了这么一个行当，所以他对这项技艺有很深的感情，除了每年过春节那几天回一趟老家外，其余时间他都穿梭在都江堰的大街小巷。

磨刀算不上高深的技艺，但也讲究角度和力度。只见邓磨刀的手掌上布满了老茧，那是岁月的风霜刻上的沧桑。一个地方的刀磨完了，邓磨刀收拾好工具，肩扛板凳，沿街继续行走，前往下一个地方，吆喝声再次响起：“磨刀哦，磨刀哦，磨剪刀菜刀……”

寒风中，这吆喝声多了几分苍凉。吆喝声随着邓磨刀的身影渐行渐远，磨刀这项技艺也会渐渐淡出我们的视线。但是，像邓磨刀这样的磨刀人，用自己的勤劳和付出，融进这不败的人间烟火。那悠长的吆喝声、雪亮的锋刃，终将成为我们生活记忆的一部分。

张坤华：一针一线补鞋匠

“张师傅，我孙儿这只鞋底脱胶了，麻烦修补一下。”“师傅，我这双皮鞋需要掌下后跟。”“好，稍等一下。”正在忙活的补鞋匠张师傅递过小板凳，示意顾客坐着等几分钟……这是记者在都江堰市民丰路便民市场一个补鞋摊看到的情景。

补鞋匠，在一些世俗的眼光中，并不是一份十分体面的活儿，但是在张师傅眼中，补鞋是一门手艺，而且是最接地气的“美容”，能让人足下生辉。

慢工出细活　“残鞋”焕然一新

张师傅原名张坤华，熟悉他的人都尊称一声“张师傅”。

70 岁的他，一头花白头发，衣着干净，面色红润，精神饱满。只见他拿起锯条，利落地将鞋底脱落处刮干净，再将表面打磨，最后涂上胶水并用力挤压，片刻工夫，原来快脱落的鞋跟就修好了。下一位女士的皮鞋后跟被磨得高低不平，他将原有部位用刀削掉一层，再剪下一块塑胶皮钉在鞋跟处，再把高出来的部分削掉。只见他歪着头，一手固定鞋子，一手用力削平，专注细致。张师傅话不多，手头不紧不慢地穿梭忙活，一只只“残鞋”在他手里立时焕然一新。

“不要小看补鞋子，这里面可是有讲究的。”60 多岁的靳大爷常年在张师傅摊子旁围观，他看出了门道。

据介绍，补鞋匠的手艺是否过硬，主要看绱鞋技术。绱鞋时，只见张师傅先用锥子在要穿针的部位扎一个小孔，两根带线绳的绱鞋针相向穿入，两手同用劲拉紧，然后周而复始。每节线位与距离，仿佛拿尺子量过一样规整，熟练的手法让人眼花缭乱。

记者注视张师傅的手，这是一双异常粗糙且布满黄黑色斑点污垢的手。可正是这双干裂、粗糙的手，补起鞋来却是十分灵巧。补完一只鞋，他总会细细端详一番，似在欣赏自己的作品。

诚信获点赞　彼此传递温暖

张师傅是四川安岳人，干补鞋这个行当已经30 多年了。20 世纪 70 年代，他在老家社办企业维修打谷机、补鞋子、理发、配锁等，样样活儿都不在话下。20 世纪 80 年代中期，刚刚兴起打工潮的时候，张师傅就来都江堰投奔补锑锅的侄女婿，转眼间已过去30 多年。他凭着娴熟的技艺和诚信的服务，不仅赢得了很多客源，更是和周围的很多熟人成为了朋友，大家有事没事都喜欢来他的摊子上摆摆龙门阵，或相互递支烟，多年如一日，彼此建立了信任和情谊。

在一旁等候补鞋的高大爷说：“张师傅为人诚恳，从不乱要价，手艺也好，所以邻里街坊要修鞋的都来找他。”

“诚信，是手艺人的处事之本。”张师傅是这样说的，也是这样做的。很多时候，顾客送来的鞋不能随补随取，他就一直为其保留着，哪怕隔十天半月也能做到随来随取。

高大爷还讲述了一些感人的细节。十多年来，张师傅一直在民丰路沿街商铺门前摆摊，许多商家免费为其提供场地。去年下半年，民丰路便民市场规范化运营以后，张师傅决定将摊子移到市场。他一吆喝，居民高大爷、老乡靳大爷等纷纷前来帮忙，齐心协力将市场一个角落平整后，再浇上水泥。

如今，张师傅的摊位宽敞了，他也备好了凳子欢迎老朋友常来坐坐。

每天，张师傅早上 8 点出门，下午 5 点收摊。空闲时，他就把削刀磨得锃亮锃亮，工具规整得利利索索，地上打扫得干干净净。补鞋收入不高，每天几十元到上百元不等，但让他骄傲的是，靠着自己的勤劳，他撑起了一个家，并资助儿子在金堂县购了房，女儿也在都江堰安家落户。已经 70 岁了，张师傅表示他还要继续干下去。他坦言，因为自己的这门手艺和那些老主顾都让他难以割舍。

鞋破路难行，鞋好路好走。在张师傅眼里，一双双无声的鞋是他的作品，他帮更多的人修补好鞋子，助力人们前行。这份坚守，注入情感后，便有了不同的韵味，有温度、有记忆、有牵挂！

第九辑 大 家

走过很多路，行过多座桥，遇见大家、且能近距离聆听的机会却并不多。

大家有普通人的一面，谦虚、低调，可他们的格局、智慧、见地又颇不一般，值得普通人学习。

胡锦矗：熊猫教父

在形形色色、五花八门的野生动物世界中，大熊猫无疑是最为引人注目的明星物种之一。它不仅是中国的“国宝”，也是自然界的“活化石”；它不仅具有无与伦比的科学研究价值，也是世界自然保护的象征；同时，它在我国政治、文化和外交等领域中发挥着不可替代的作用。

年逾90高龄的胡锦矗，被誉为我国大熊猫研究领域的“国宝”“奠基人”“熊猫教父”，世界最杰出的野生动物研究专家之一的乔治·夏勒则在《最后的大熊猫》一书中赞他为“中国研究大熊猫的第一把交椅”。

如何挖掘大熊猫文化内涵？野放大熊猫的意义何在？如何更好地保护大熊猫？2019年9月，记者一行赶赴南充西华师范大学拜访了胡锦矗，值此新中国成立70周年和我国记载发现大熊猫历史150周年之际，我们听胡老讲述他与国宝大熊猫之间的动人故事，了解大熊猫研究保护工作者的匠心传承。

古书典籍均有记载

上午，我们一行早早来到西华师范大学生命科学学院拜访胡老，“生命科学学院很好找，墙壁上印有一只大大的熊猫。”“按图索骥”，我们顺利见到胡老。

出生于1929年的胡锦矗，满头银丝，精神矍铄。当天，他正在接受中央电视台记者的专题片拍摄，面对镜头说起大熊猫，胡老侃侃而谈。

胡老桌上摆放着《山海经》《尚书》《诗经》等经典书籍和资料，一摞影印资料是他多年查考之依据，他逐个对其进行讲述，“尽管现在大熊猫风靡世界，可中国几千年来的历史文献，对这种神秘动物的记载极少，且语焉不详。三国时期陆玑的《毛诗》中记载‘貔似虎，或曰似熊，名叫执夷，又叫白狐’，说大熊猫又像虎又像熊，通体白色；晋代文学家郭璞在《山海经注》中提到，‘邛崃山出貊，似熊而黑白驳，亦食铜铁’。他的描述最接近现代人所认识的大熊猫。而在《古今图书集成》里，庄子曰其为‘丰狐’，搏于山林、伏于岩穴、夜行昼居，求食于江河之上。这完全符合今天栖息在都江堰、岷江上游一带的大熊猫的特征。”胡老笑着说。

大熊猫栖息于高山丛林之中，离群独居，与清风相依、明月为伴，被称为“森林隐士”，世人难睹其真容。它们在地球上生存了数百万年，人类对它的系统认识仅有几十年。胡锦矗便是我国系统研究大熊猫的第一人。

研究保护是他的使命

胡锦矗编写的《大熊猫传奇》一书中记载：1869年3月11日，法国人戴维到四川穆坪邓池沟天主教堂担任神甫，一次外归途中于一李姓人家墙壁上看见了一张黑白兽皮，引起了他的注意。4月1日，当地猎人捕捉到了一只幼年白熊（当地俗名）。戴维在检查标本后认为这将是动物界一个了不起的新物种，并将其学名定为Ursus melanoleucus，意为黑白熊。此后，大熊猫经历了制作标本、抓捕活体等残忍掠杀。

1972年发生的一件大事把胡锦矗的命运和大熊猫紧紧联系在了一起。美国总统尼克松访华，在去动物园看大熊猫时，尼克松夫人试探性地提出想要大熊猫。当年4月26日，大熊猫“玲玲”和“兴兴”抵达华盛顿动物园，一时万人空巷。以后来访华的各国政要都想要大熊猫，“熊猫外交”显示出不同寻常的意义。但中国到底有多少只大熊猫，没有人能给出数据。

1973 年，国务院召集四川、陕西和甘肃三省大熊猫产区相关人员召开座谈会，决定弄清野生大熊猫的真正数量。

胡锦矗当时已是四川省内知名的野生动物专家，1974 年，45 岁的他受命进入四川卧龙，组建一支 30 人左右的四川省珍稀动物资源调查队，组织和领导全国第一次大熊猫野外调查研究。

调查过程不可谓不艰辛，遭遇了“暴风雪命悬一线”“泥水煮饭”等恶劣条件，胡锦矗及其团队克服了重重困难，历时 4 年，行程 9 万公里，一份 20 多万字的《四川省珍贵动物资源调查报告》出炉，确认野生大熊猫约有 2400 只。国务院批准将卧龙自然保护区由原来的 2 万公顷扩建为 20 万公顷，同时批准建立唐家河等 5 个国家级自然保护区。大熊猫等多种濒危野生动物得到拯救。

“当时条件那么艰苦，是什么信念支撑你们完成了这项工作?”“是使命!”胡锦矗的回答掷地有声，“当国家把这个任务交给你，这就是时代赋予你的使命，所以再艰难困苦也要把它完成。”接着，胡老吟诵起古诗文《生于忧患，死于安乐》:“天将降大任于斯人也，必先苦其心志，劳其筋骨，饿其体肤，空乏其身，行拂乱其所为，所以动心忍性，曾益其所不能。”这是一位珍稀动植物研究所教授的使命，也是一位学者的情怀，让人深受感动和鼓舞。

保护大熊猫就是保护我们自己

胡老曾经参与《都江堰生物多样性》一书的汇编工作，都江堰市 1999 年申请世界文化遗产时，胡老给出了很多建设性的意见。他说都江堰市特有的地貌和温暖湿润的气候条件，为多种生物的生息、繁衍提供了良好的自然生态环境，其生物多样性，俨然是一座生机勃勃、生意盎然的自然生态博物馆。

“我们和大熊猫同住一家园、同喝一江水，保护大熊猫就是保护我们自己。”胡老再次强调。

“你晓得过去人口是好多哦?”“圈养的大熊猫回归森林能不能生儿育女呢?”在采访过程中，胡老还会不时设问，引导我们深入了解大熊猫。

胡老调研结果发现，大熊猫栖息地以海拔2500米为界，2500米以下是农耕区，2500米以上为森林区。而大熊猫对生存的原始森林层次要求丰富，有乔木层、灌木层、地被层，还有真菌，是一套完整的系统。近些年来，我国实施了天然林保护、退耕护林等几大工程，大熊猫的栖息地域扩大了，但同时，随着交通、旅游业的发展，栖息地破碎化、人为干扰等问题日渐严重。胡老说，这几年，圈养大熊猫的数量稳中有升，让关心大熊猫的人们深感欣慰。但圈养大熊猫出路何在？胡老认为，"放归山林是个好办法，但要探索科学办法。按自然规律，大熊猫妈妈在熊猫幼崽半岁之后就开始教它寻找、挑选营养价值高的食物。所以对圈养大熊猫而言，最重要的是要恢复它的野性。在放归之前，要教大熊猫认识社会规则、认识自己的天敌等。"

当胡老得知都江堰去年已成功野放两只大熊猫时，他很是欣慰，动情地说："习总书记说绿水青山就是金山银山，我们保护青山绿水，不仅保护了大熊猫，还保护了和我们一起生活的动物和古老的植物，保护了生态文明，达到天人合一，其实也是保护了我们的家园、保护了我们自己。"

拓展熊猫文化爱护自然环境

采访胡老时记者发现，他的工作室桌上摆放着大熊猫摆件，墙上挂有大熊猫照片，沙发上是他抱着大熊猫的合影，整个空间被书籍和大熊猫占据。

"你花了大半辈子研究大熊猫，付出了那么多的心血，怎么概括你和大熊猫之间的关系？""大熊猫的DNA在我的血液里面。"胡老的一句话让我们震撼，现场哑然。学生黄燕博士表示这也是她第一次听到老师这样表述。这是一种怎样的深切情感？这大半生，胡老和大熊猫紧紧地联系在一起。他说曾经他跑得动，研究大熊猫是苦中作乐；如今他跑不动了，研究大熊猫是享受天伦之乐。大熊猫的意义之于他，是生命融于生命。如今，年过九旬的胡老每天早晨在食堂吃一碗米粉、一个煎蛋便开始一天的工作，几十年如一日，他的简单和执着书写了半生传奇。近两年，几乎每月不间断地接受采访，而他，也乐意将更多的关于熊猫的知识传递出去。

当我们请教胡老，让他为都江堰熊猫文化拓展支支招时，他说，可以立足本土的现有资源进行开发拓展，比如可以做熊猫茶、开熊猫餐厅，将都江堰本地的竹笋、猕猴桃等特色农产品和熊猫文化嫁接等。

几十年间，胡老主编了多本关于大熊猫的著作。面对远道而来的我们，胡老叮嘱，一定要多宣传保护大熊猫的工作，并欣然赠书题词："爱护都江堰，更要爱护都江堰的自然环境。"

最后，胡老表示，大熊猫的象征和内涵极为丰富，不仅表现在精神上的非物质文化，也表现在政治和经济上。古往今来，人们依据自己的生活、生产和社会活动需要，创造了文学、书法、绘画、雕塑、美术、音乐、舞蹈、体育等各种类型的文化产品以满足人类社会的发展。而这其中，大熊猫文化已经彪炳中外，大熊猫是中国的，也是世界的，更是全人类共有的珍贵的自然遗产。

单霁翔：故宫“看门人”

“你们从哪儿来？”“今年66岁，刚步入中年。”“我喜欢大家叫我老单，这样可以轻松、平等地对话，让人回归到幸福的状态。”2021年2月20日，在都江堰百伦酒店，故宫博物院原院长、故宫“看门人”单霁翔接受了来自成都、都江堰几家主流媒体的专访。他就遗产如何保护，如何讲好非遗故事，文创产品与现代传播的融合等进行交流畅谈。在面对面的交流中，一身朴素唐装的“老单”不仅学识渊博，且平易近人。

此次到都江堰，单霁翔是为参加浙江卫视《万里走单骑》节目录制而来。作为节目组重量级嘉宾，单霁翔表示，将借此机会在都江堰慢慢看、慢慢介绍、慢慢领会，把遗产精神带回家，然后传递出去。

年轻人应参与到遗产保护中来

再次来到都江堰，单霁翔对这座城市是亲切的、熟悉的。“我来过几十次，每次都带着不一样的任务。都江堰—青城山不是来转一次或几次就看得懂的。它需要静下心来体会李冰父子用怎样的智慧来修筑，体现了中国人怎样的智慧结晶；青城山作为道教发源地，传递了怎样的人与自然和谐相处的理念。”

“都江堰大家都很熟悉，但是大家印象最深的，它是旅游城市。”单霁翔说，“其实都江堰—青城山既有优美的景观，又有文化遗产的内涵。”这些内涵，包括世界最智慧的水利工程都江堰，也包括人与自然和谐相处的道教文化。说起都江堰，单霁翔滔滔不绝，“这是两千多年前秦代就开始的伟大创造。当时就集灌溉、行船、泄洪等多种功能于一体。最关键的是，这些功能大部分现在还在延续，代代拓展。”

在单霁翔看来，游览都江堰，不能只看到旅游风光的一面，而应主要看它哺育了广阔的灌区。没有都江堰就没有沃野千里的天府之国。“我们希望观众通过节目更深入地了解都江堰，了解古代中国人的智慧。都江堰没有违背自然规律建高坝、阻止生物繁衍格局。它有一系列的智慧系统，宝瓶口、鱼嘴都只是这个庞大系统的一部分而已。游客们来到都江堰，一般就走马观花看看二王庙、伏龙观，其实每一个地点都有不同价值。希望公众能最终读懂这些价值，对都江堰、青城山产生兴趣。”单霁翔表示，他参加综艺节目的目的是：“尤其希望年轻人到这处世界文化遗产地来，了解文化遗产，最终参与到遗产的保护中来。”

高等级博物馆需要常办常新

让文物说话，让历史开口。2018 年，故宫博物馆开发的 10000 多种文创产品惊艳亮相，时任故宫博物院院长的单霁翔以各种方式让 600 年的故宫博物院越来越年轻。这与“不服老”的老单是分不开的，他自称自己才刚刚步入中年，永远保持了一种学习的心态。刚一落座，他举起手机放了两段视频，一段是专家讲的新年龄段的划分；另一段则是 2019 年 2 月 20 日《国家宝藏》拍摄的宣传片。“今天恰好是两周年。”老单在都江堰这座三遗之城，以一种特殊的方式宣传、展示了他曾作为故宫“看门人”的身份转变——遗产文化的“宣传人”。

在单霁翔看来，高等级的博物馆，不是看收藏的文物数量有多少，馆舍面积有多大，而是看藏品是否经过深入发掘研究后，能够“开口说话”。他认为，博物馆要吸引人们走进去、看进去，最终有知识的收获，才是最好的博物馆。“博物馆的展览要常办常新，不能一个展览展到底，不改陈。此外，传播手段也不能只限于让文物躺在展柜，而要通过各种工具与活动，让文物活在人们的现实中，给予人更多的帮助。”

如此接“地气”的单霁翔更喜欢大家叫他“老单”。“我不太喜欢院长、书记、局长这些称呼。我年轻的时候当过农民、工人。现在退休了，大家叫我老单就行了。”满脸笑意的“老单”风趣地说：“根据新的年龄界限，我66岁还是中年人，叫我单老我好像还没有那个资格！”

文化遗产要让百姓受益

作为退休后参加的第一个综艺节目，单霁翔希望通过这档节目吸引更多公众、尤其是年轻人对于文化遗产的关注，体会中华文化之美，感悟中国深厚的文化底蕴，最终一起把世界遗产保护好，传下去。

在《万里走单骑》节目中，单霁翔告诉观众来遗产地要看什么，怎么看。他说老百姓能受益，文化遗产才能更好地传承下去，所以他特别看重讲好遗产故事。而讲好故事，需要从年轻一代身上着手。“国家在去年全面进入小康社会。随着物质生活的日益丰富，人们对文化生活的需求也要跟上步伐。”单霁翔说，2021年春季开学季即将到来，有学校让他为孩子们录一段话，他的感受比过去强烈多了。“我们看到，全国各地有越来越多的年轻人喜欢走进博物馆，探索人与自然、人与社会的关系。大自然有着取之不尽的宝藏。尤其是四川的年轻人，应该更活跃，对现实生活有着更深的感悟，把遗产精神带回家，讲好故事，将文化遗产传承下去。”

截至目前，中国已拥有55处世界遗产，仅都江堰就拥有3处。这些遗产要如何活起来？单霁翔直言，“它们的故事要通俗地讲，要用人们能够理解的语言来讲。”他对都江堰宝瓶口的讲解印象颇深，“有的短短几十个字就讲得栩栩如生，但有的文字就很多。今天，人们已习惯通过短视频了解信息，那么我们是否可以根据今天人们了解信息的习惯，使用不同的工具来传递文化遗产的魅力。”

李鸣生：都江堰的韵致是散文诗

2019年8月，李鸣生来到都江堰，先后前往柳街青城湾、猪圈咖啡、都江堰景区几个景点，开始了他的第七次都江堰之行。在他看来，都江堰人民的生活已经从2008年5月中旬他初次来时的物质需求过渡到精神生活的享受，人们眼里有光，脸上有笑，心情舒畅，精神面貌发生了根本性的转变。

在都江堰景区，面对奔腾而来的岷江水，李鸣生很是感慨。在他看来，都江堰市这座城市的韵致，既是一部独特的神话传奇，又是一本厚重的历史教科书，同时还是一首具有美学品格的散文诗，在跌宕起伏、起承转合中，渐次打开人们对未来的憧憬。当天，记者采访了李鸣生，听他讲他眼中的都江堰。

李鸣生，1956年生于四川简阳，现居北京。中国报告文学学会副会长、中国作协报告文学专家委员会委员、中国文字著作权协会常务理事。曾任中宣部“五个一工程奖”、徐迟报告文学奖评委。主要作品有“航天七部曲”、《李鸣生文集》（16卷）等，共计约千万字。作品入选《21世纪中国文学大系》《21世纪中国最佳纪实文学》《中国报告文学精品文库》《共和国作家文库》《新中国60年文学大系》《30年文学典藏》等数十种文本。长篇纪实文学《飞向太空港》系列丛书录入世界经典文学名著，入选教育部新编语文教材指定阅读图书，20多家出版社出版发行200余万册。作品曾获三届鲁迅文学奖、三届“五个一工程”奖、全国优秀报告文学奖、全军特等奖、徐迟优秀报告文学奖等22项。

他在“5·12”汶川特大地震发生后六次前往灾区，完成了字字锥心的《震中在人心》和反映灾区人民悲痛与坚强的《绝地重生》《后地震时代》，并称“地震三部曲”，并将其中两部的稿费捐给灾区贫困家庭的孩子，被网友们赞誉为“有良知的作家”。

都江堰人把日子过成了诗

记者（以下简称“记”）：你上次来都江堰是什么时候，这次再来第一印象是什么？

李鸣生（以下简称“李”）：第一次是2008年“5·12”汶川特大地震之后来的。地震一周年时我也来过，后来又来了三四次。加上此次，一共已经来了七次。我第一次来都江堰时，当时整座城市正处于一片创伤之中，人们的状态是惊恐、惶惑不安的。而今天，人们已经从当初的物质需求过渡到精神层面，完全是一种享受生活的状态。或者干脆说，今天的都江堰人已经把日子过成了诗。这一点我是从人们的眼神、笑容和整个精神状态上感受到的。

记：今天第一站选择在柳街青城湾和农民诗人交谈，请问你的感受如何？

李：如我刚才所说，都江堰人把日子过成了诗，柳街青城湾农民诗人就是典型的代表。柳街成立农民诗社，把一群爱好诗歌的农民聚集在一起，忙时种田，闲时写诗，这是物质需求和精神享乐的完美结合，既是一种积极向上的生活态度，又是一种追求自由的人生姿态。在“猪圈咖啡”，猪圈变成了咖啡屋，诙谐幽默，意味深长。这就区别于传统的农民。传统的农民愁眉苦脸，如今的农民是喜笑“言”开。他们在辛苦的劳作中，还有着诗一般的梦想，这是新农村里的新农民呈现的一种新的生活态度和新的人生姿态，同时也是都江堰乡村振兴的实践表达。

记：看过了美景，品尝了美食，请你用几个词来概括一下柳街青城湾。

李：自然、个性、绿色、环保。我去过不少地方，发现有的地方风景比较“作”，人为的痕迹太重，没有遵循自然规律。而我在柳街青城湾看到的风景，是在原始的土地上自然长出来的风景，是按人们的愿望和审美需求长出来的风景。这里空气鲜活清新，格局舒朗开阔，呈现的是一种很自然的状态。此外，我们吃的美食有豆腐、鱼、红苕尖、岩豆等，食材非常新鲜。豆腐是我们看着现磨的，红苕尖、岩豆都是早上刚采摘的。我认为，美食的关键是食材，食材决定美食的品质。食材是美食的源头，而烹调则是个技能问题。

城市建设还该有文化标准和美学标准

记：11 年前你就来过都江堰，今天再来，有没有找到熟悉的感觉？

李：应该说，既熟悉又陌生，既陌生又熟悉，熟悉中有陌生，陌生中有熟悉。算上这次，我一共来了都江堰七次。与 11 年前相比，今天的都江堰至少扩建了半个城，变化非常之大，可谓旧貌换新颜。

记：都江堰市正在建设国际生态旅游名城，请你从人文的角度谈谈我们需要在哪些方面着力？

李：我想，一座城市的建设发展，不应该只有政治标准和建筑标准，还应该有文化标准和美学标准。有的城市只按照某种形势的需要而建，摊子铺得太大，好大喜功，急功近利，忽视了城市的文化内涵和美学品格，这就很难确保其品质和生命力。其实，作为一座真正的现代化城市，要真正能让人记得住并能够留下来，文化标准和美学标准很重要。一座城市只有真正具备了文化价值、审美价值和人文价值，才有持续的、长久的、强大的生命力，也才对得住子孙。都江堰这座城市历史悠久，是一座“三遗”城市，应该在传统的保护和深度的开掘上下足功夫，既留住它特有的原貌，又开掘出新的意境。

良知是一个作家最基本的素养

记：你被网民称为“有良知的作家”，请问一个文字工作者如何保持初心?

李：良知是一个人天生的判断是非善恶的本能，是一个作家最基本的素养，也是一个作家生存的饭碗。比如，说真话就是一个作家最起码的良知，这个不能失去。作家就是要真诚地对待一切，真诚地对待生活，真诚地对待历史，真诚地对待写作，才可能真诚地对待读者。我自己不过是在朝着这个方向努力而已。报告文学是最能体现现实主义精神的一种创作，最能体现作家人格与良知、风骨与气质的一种创作，所以良知是一个报告文学作家写作的底线。

记：你今后有什么写作打算?

李：我写完《震中在人心》后，便埋下了病根，所以前几年大病一场。因为我把我对灾区百姓的情感全都投入进去了，所以很难从悲痛中走出来。今后的写作计划很多，但写不写，怎么写，现在很难说，不过节奏会放慢是肯定的。今后我不会仅仅是在书房面对电脑写作，可能会分出一部分时间精力，到高校或一些地区做一些文化公益讲座，与年轻的作家和大学生多作些沟通与交流。当然，这不存在任何功利的东西，完全是发自内心的一点义务和责任。因为毕竟我有几十年的创作实践，也经历过不少坎坷和波折，会有一些经验教训；何况在我年轻时的创作道路上，有不少人曾给予我很多的鼓励与帮助。所以我希望像当年别人鼓励和帮助我一样，把我个人的创作经历、创作心得包括创作经验教训回馈给社会，去鼓励和帮助更多的青年作者，让更多的写作者能在写作这条羊肠小道上继续走下去，就像我从当年走到今天一样。

李伯清：评书里的哲理人生

说起李伯清，在川渝两地可谓是家喻户晓、妇孺皆知，有很多人都是听他的散打评书长大的。他的粉丝，上至耄耋老人，下至垂髫小儿。李伯清为什么这么受欢迎？2019 年 6 月，时值成都融创文旅城开业倒计时一周年之际，李伯清被特邀在融创文旅城展示中心举行了一场现场说书会。现场，观众反响热烈，用观众李先生的话说："李伯伯的评书里讲的就是我们成都人自己的生活，且他善于总结，从平实的生活中总结了很多人生智慧。"

近距离采访李伯清，发现他是一位非常"接地气"的明星，面对观众的厚爱，他说无以为报。如果有来生，他愿意化身成一条斑马线，让人们从他身上平安踩过。

天道酬勤　艺术家学无止境

亲眼见到李伯清本人，给人的第一印象是高、瘦、身材挺拔，健谈自不必说。他的微信公众号里发布的很多内容都非常有趣，他调侃自己是一位人见人爱、花见花开的"全能型选手"。虽是调侃，可李伯清散打、评书、足球、书画等的确是信手拈来。面对镜头，李伯清"切"一声清清嗓子，谈起了他的艺术人生。

“学生是在教室里面读书，我是在生活中学习了一辈子。”丰富的生活经历、走南闯北的生活阅历，让李伯清善于在生活的平淡中发现新奇和亮点。他说没有天才，别人在休息时而你在工作，这就是天道酬勤。在他家里，地下地上、书柜床头都摆满了书，不断学习，善于总结，就自成了“李家之言”。

李伯清的评书、散打皆是以一种轻松调侃的方式道出很多生活哲理，龙门阵里藏着人生智慧。李伯清笑说，幽默在生活中占据着很重要的部分，它不仅是一种语言艺术，更是一种生活哲学，它会化尴尬于无形，或有趣或可笑而又意味深长。

多年来，李伯清一直善用“尖起耳朵”“飞起一 jio”等四川方言。四川方言作为天府文化的重要组成部分，李伯清表示，方言和老百姓的生活息息相关。他打比方：“成都人和都江堰人说话都比较‘软’，这是富庶的天府平原所孕育的一种闲适的生活态度，而重庆人说话就比较‘硬’，重庆夏天那么热，站在大太阳下，几句话说了就算了，所以他们说话听起来会觉得比较火爆。对于方言的保护，其实也是一种乡愁的寄托；乡音，就是故乡母亲的呢喃。”

反响热烈　评书里的哲理人生

此次说书会吸引了来自成都周边及都江堰的上千名观众参与，大家只为一睹“巴蜀男神”李伯清的风采。来自成都的张静娴女士，当天上午 9 点半就来到融创文旅城芙蓉花广场等候，主办方的签名留影环节终于让她如愿以偿。她兴奋地告诉记者：“我们家三代人都喜欢李伯伯，我爸爸千叮咛万嘱咐一定要拿到李伯伯的签名。”来自贵州的李义女士说，她儿子在家里不仅看李伯清的散打评书，而且还跟着说，4 岁的小孙女每天都吵着要“看李爷爷、看李爷爷”。

下午两点半，说书会正式开始，李伯清以跳跃着的轻快的步伐，几步跃上台，“前面的后面的、左面的右面的、楼上的楼下的朋友们，下午好！”他独特的打招呼方式赢得阵阵热烈掌声。

李伯清从健康的生活方式、年轻人玩手机的现象以及做人“不比较、不计较”的生活态度给现场观众“幽了一默”。平实的话语、身边的案例，让观众觉得他讲的就是我们自己。市民李先生今年34岁，他带着7岁的儿子坐在前排听得津津有味，他说他最初从听磁带开始接触李伯清的评书，在他眼里，李伯清不同于别的明星，他所讲述的就是我们成都人自己的生活，而这些正是我们所经历却又被忽视的，都被他提炼出来，以此警醒当下。

现场，中国书法家协会会员、今年77岁的蓝寿云为李伯清送上一幅墨宝，上书“宏扬传统文化、振奋民族精神”。他给予李伯清这样的评价：“人民的艺术家，传递正能量。”

李伯清说，他虽然不是都江堰人，但是对都江堰有着深厚的情感。今年4月，四川省评选首批天府旅游名县，他首选都江堰市，因为：“其他城市固然有好的景点和历史底蕴，但只有都江堰直到今天还在孕育着川西坝子，滋养着川西坝子上的人民。正所谓问道青城山，拜水都江堰，这一拜，情感就难以割舍。”

李伯清不仅会说，且会唱。评书讲完以后，伴随着一曲《青藏高原》的嘹亮悠长，他走下台和观众握手道别。相聚短暂，但长存的记忆却不会消散……

刘绥滨：推动青城太极名扬四海

作为一个寄居于此5年的新都江堰人，因为工作的缘故，对都江堰的历史文化、人文风情均有所涉猎，这座城市给予我很多滋养，我亦对山水付以深情。其中，我对两个人怀有深深敬意。一人就是竖立在李冰广场的李冰，2200多年前是他带领堰工凿开宝瓶口，引来岷江水灌溉成都平原，才有了今天繁荣富庶、美田弥望的天府沃野。私以为，另一人当是青城派掌门人、国家级非遗青城武术省级代表性传承人刘绥滨，青城太极作为青城武术的核心内容，20多年来，刘绥滨把青城太极推广到全球80多个国家，实现了青城太极名扬四海，亦为都江堰康养旅游发展起了推动作用。

本源在青城

刀剑江湖、快意恩仇，20世纪八九十年代，武侠小说的风靡让不少人心中都有一个侠客梦，渴望快马加鞭、仗剑天涯。中国武术“四大门派”烂熟于心：武当，少林，峨眉，青城。而武谚曰：探本上青城。武术的本源在青城？这或许还有待考证，但《列仙传》《华阳国志》等均对青城武术有所记录；东汉，张天师在青城山结庐传道，佩剑降伏魔王，展示武功实力；自汉唐以来，就有青城派武术高手化鹤飞行的龙跷飞腾术记载；在清朝，《灌县志》记载有武举人、武榜眼人数；民国时期，青城派高手多从军报国，参加抗日战争……

历史的云烟虽早已散去，但现代有多个历史节点记载了青城武术的发展。1939 年，灌县国术馆成立；1983 年，灌县武术协会成立；1989 年，四川省体委武术遗产挖掘小组在《四川武术大全》明确列出青城派一章，代表人物为周烈光、陈生一、余国雄。1991 年，余国雄作为中国武术协会唯一确定青城派的代表人物载入《中国武术人名辞典》。

刘绥滨作为余国雄老先生的掌门弟子，他一直感念师恩，将老先生的大幅照片悬挂在他青城太极书画院的正中间位置，虽免去了日日上香的传统祭奠，但摆放于案几的大型奖杯是献给老师最好的告慰。

说句实话，来都江堰的这几年，笔者虽耳闻刘绥滨大名，但近距离接触机会并不多，盛名在外的他之于笔者仿佛是"山外"人士的存在。近日的一个早晨，当和他同乘一辆车时，他言语温和亲切，举止儒雅有礼，这般接地气，感觉他一下子从"山上"来到"山下"。可置身于书画院内，看到近年来刘绥滨所获的奖杯、聘用证书、荣誉奖状摆满一整面墙，瞬时又觉得眼前之人气场过于强大，高山仰止。"您会不会被盛名所累？""不会，这只是我前进路上的一个证明，只会催我不断奋进。"

注重国内交流，致力国际传播。从 2000 年开始，刘绥滨致力于传播青城太极，他将重要的时间节点、人物事件以图片形式来展现。其中最重要的两个事件是：2012 年 11 月 25 日，五国 38 人在南极打太极。当时，他受邀前往南极，原本是讲一堂养生课，因缘巧合，大家热情不减，促成了在南极零下 50 摄氏度的户外，来自五国的 38 人在冰雪世界里用太极招式展现青城武术魅力的场景。刷新了在极地集体打太极人数最多、国家最多的两项世界纪录。同时，他还造访了中国驻南极的长城科学考察站，并向科考站工作人员传授了青城太极。他还将整套青城太极的教学影片送给了科考站的工作人员，希望他们在空闲时打打太极，强身健体。另一时间节点是 2016 年 6 月 2 日，来自全球 30 个国家的超级模特齐聚青城山下，掀起一场令世界瞩目的国际时尚盛宴，现场，所有超模被青城武术所吸引，在青城派掌门刘绥滨的感染和带领下，纷纷打起了太极拳，让中国味融入国际范儿，也充分证明青城太极男女老幼皆可习练。

养生源于道

中国的武术门派总共有130多个，众多门派有一个共同性，就是健身自卫，青城派武术也是一样。但青城派的太极拳法与其他派别的功夫又有明显的区别，主要是以长寿为主要心法和特色，其次更追求后发制人，练习青城太极的人形体多偏瘦，肢体动作轻灵飘逸，舒展大方，长期习练能强身健体、延年益寿。

从2020年开始，新冠疫情肆虐全球，而居家自守、减少接触是对抗疫情流行传播的重要方法。中医认为“正气存内、邪不可干”，因此，调养正气，提高身体免疫力，可降低感染几率，增强人体对病毒的抵抗能力。太极拳作为我国传统运动养生功法之代表者，其疏通经络、调畅气血、培养正气之功效非常适合在居家抗疫中采用。

作为青城太极的传播者，刘绥滨深感责任之重，2020年初，他会同成都中医药大学养生康复学院副院长、世界中医药联合会养生专委会常务理事张驰共同编写了《居家太极：重塑身体免疫力》一书，综合各家太极之长，将“居家太极拳”浓缩为八功七式，全书用近千张图片展示了功法练习要诀和注意事项。

能亲得刘绥滨指导是一件幸事。那个上午，在桂溪园青砖灰瓦的庭院间，笔者有幸习得八功七式中的一招半式。

一招“寿龟环肩”，保持站立的姿势，双手自然放松，垂于裤缝，掌心向外，保持双手外侧紧贴身体两侧，向上耸肩，停留3~5秒，再向上提肘关节，扩胸……耸肩的同时感觉肩颈拉伸，而挺胸收腹手掌向外保持的几秒间，血气凝聚、汗液外渗，强撑几秒收势后竟觉得全身通泰，神清目明！

道家常言：“筋长一寸，寿延十年”，如是坚持习练，得以反复疏通经脉，信非虚言。对此，笔者深以为然。当摈弃外界杂念，将意念聚于掌心之间，则能充分吸收天地之灵气、自然之精华。南开大学商学院教授、博士生导师齐善鸿在《开启太极生活模式，激活生命太极能量》一文中指出：中国文化的核心之一就是“太极”。从《易经》中乾坤二卦的递级式演绎到“一阴一阳之谓道”的论断，到《道德经》“万物负阴而抱阳，冲气以为和”，再到孔子所论君子的“文质彬彬”以及《孙子兵法》中“虚实”等演绎“阴阳哲学”的智慧，无不是“太极”的一种表现。

传承亦有序

青城武术都江堰非遗代表性传承人王尧是刘绥滨的得意弟子，这些年，在师父的指点下，王尧在武艺、武德方面均有不小的精进。师徒二人开班授徒，要求“未曾学艺先学礼，未曾习武先习德”“拳以德立，无德无拳”。

到达桂溪园青城武术传习基地的当天上午，王尧正在给十余个孩子授课，见到师爷到来，孩子们一个个抱拳施礼，脆生生一声“师爷”唤得甚甜。一声师父，代表着传承有序；两厢抱拳礼，江湖礼节在，武术精魂犹在。

师爷来了，还得给孩子们指点几招。迈步、出拳，举手投足中领会心学之修己处事之神，在心学之修己处事中锻炼身体的精与气。激励大家康健有为，顺天道而施仁爱。

作为一名武者，刘绥滨说，无处不习练，时刻可修身。笔者注意到，无论外界怎样喧嚣，刘绥滨都能“出世”，目光坚定，似有所悟。作为一个普通人，他热心公益，乐于奉献。这些年，他一直致力于推广全民太极运动，赢得了很多人的尊重和政府的支持，也吸引了很多志同道合的人士积极参与。都江堰2014年官方数据统计，当时都江堰习练青城太极人数达到20万人。

习武之人先修心性。刘绥滨、何道君同为青城武术省级非遗代表性传承人，两人虽然路数不同，但同为青城武术的发扬光大而努力。两人一直秉承着互敬互爱、精诚团结的武术精神。刘绥滨说，他心中始终记着恩师余老先生遗言：希望武术界的朋友，精诚团结，青城派的弟子更要精诚团结，把中国的武术发扬光大。言犹在耳，随时想起都热泪盈眶、心怀激荡。

用一句武侠小说中常用的话作为结尾：青山不改、绿水长流，咱们后会有期。

因为有你们

一

“为什么我的眼里常含泪水？因为我对这土地爱得深沉……”借用现代诗人艾青《我爱这土地》中的这句话作为开场白，虽不能免俗，却是我此时此刻心境的真实表达。再细读马及时、文君两位老师为《地灵人杰都江堰》散文集所作的序言，心潮汹涌，有着身在九天之上看云卷云舒想纵身一跃的冲动；是那种在南桥上紧盯岷江水奔流想与之拥抱一起奔腾入海的激越；更充满出走半生的游子一步一匍匐手捧故土的悲欣交集……

手持一把利刃进行自我解剖，是一个艰难的过程。作为旁观者的两位老师，以其睿智、明慧、才情，梳理了一个立体、全面、真实的缪英，更为此书作了很好的解读与诠释。

实际上，两年前我就有出书的想法，可要真正落实到行动上，却是很艰难的一件事。老师文君曾允诺给我写序，可年初她做了一场手术，需要长时间的康复。所以，某些时刻问候老师时，话到嘴边又咽下，不敢烦扰。因此，想到了可可爱爱的马老师。

然而，惊喜又常常是不期而来的。就在拜请马主席写序的同时，我把整理好的书稿发给了文君老师，委婉地说到写序之事，没想到老师竟强撑病体，写下了一篇让人感动的文字，如此，我也幸运地得到了两篇序言。

两篇序，可以说，字字千钧。

二

我是说干就干的性子。决定出书之后，我立即与马老师联系。

那天下午3点半约马老师匆忙见了一面，一杯茶还没续满的工夫，老人家推辞不过，交代了注意事项，就应承下来。嘴上说马老师是老人家，那是面上的尊称，毕竟马老师的资历年龄都摆在那儿；但我内心却想叫他“马儿童”，可可爱爱的“马儿童”。在我这里，“可爱”二字都不足以形容他，非得用可可爱爱这个叠词，实在是因为他有智慧又萌萌哒，这两种气质集于一身，令人敬佩又愿意与之亲近。

如果说以上都是曾经的印象的话，那么，约见马老师后印象则又加深了一层。其中一个重要的原因是：马老师夸我了。他怎么夸的呢？我模仿一下他的原话：“你应该是个直爽的人。”

借着马老师的这句话，我郑重其事地办理他交代的事宜：“写一下个人简介，比如心得、感悟、性情、修养等。”

嘿嘿，本来是我求着马老师帮我的第一本书、而且极有可能是唯一一本书写序，这会儿的心情怎么倒成了我给老师交作业呢？

这心情有忐忑、兴奋，更多的是感谢、感激。

三

2017年初来到都江堰，我身份证上的住址也从拉萨市林廓东路变成了都江堰市安金路。从熟悉风土人情开始，5年来，我已把自己看作了这座城市的一分子。记得初来乍到时，大家总会问一句，“你咋来到都江堰的呢？”尾音上扬中有着探究和好奇。刚开始我还会解释一番，解释多了，就简洁成了一句话：都江堰山好水好人更好。没错，山好水好有目共睹，而人好的感悟，则深留心中。

2018年加入都江堰市作协，得到了很多老师的帮助。参加培训，集体采风，聆听讲座，真真是受益匪浅。还记得2019年初到天马拾光山丘采风，交的一篇作业获了二等奖，年终的颁奖词是：“她从高原回来，一手采新闻，一手搞创作。”这份肯定，今天想起来依然激动和感怀，因为对于一个在这个城市举目无亲的人来说，一切从零开始，到今天扎下根来，其中的不易和甘苦唯有自知，而能获得点滴认同都能得到巨大慰藉。

几年下来，我的头发越剪越短，理想信念也越来越坚定，不囿于昨天，向着阳光奔跑，我逐渐活成了自己想要的样子。外表的淡漠往往给人以错觉，会认为我不是个好相处的人。但我自己知道，内心依然滚烫，与人群保持一定的距离感，是因为还想保留一些天真和孩子气。

因为心无旁骛，这几年我把大量的时间和精力都投入到工作中去。每天都面临新的课题：不同的选题，不同的采访对象，不一样的写稿视角，让我看见了真善美，汲取到温热的力量，这些力量如同青城山空气中富足的负氧离子，滋养着我，催我努力、奋进！

四

把何民老师作为“颜值担当”排在第一位，不仅因为他的满头白发间藏着智慧和乐观，实在是因为他为人极其厚道。几乎每次作协搞活动我都会参加，每次一见到我，何老师总“先声夺人”，“缪记者来了呀！”偶尔还调侃，“缪大记者也来了嗦！”这时，我马上会换个气质，躬身上前，从胸腔之中发出声响，尊称一声“何老师”。

采访黎民泰老师时，他时任作协常务副主席。他高大魁梧、声若洪钟，摆起龙门阵来滔滔不绝，你只有认真听的份！邱岗老师为作协做了很多繁杂具体的工作，我们都看在眼里、记在心上。特别是他带领柳风农民诗社的农民诗人们忙时种地、闲时写诗，这种接地气的“生活美学”，谁都学不来。文君老师自然不必说，在这里我应该叫“老师文君”。作为我的指导老师，她乐观、豁达的生活态度感染了我，细腻、敏捷的文学才情又令我望尘莫及。何其有幸，我拥有这位良师益友。林赶秋更不必多说，当初作协刘平老师推荐采访他时就对我说过，未来，都江堰市作协青年一代作家中，林赶秋当属翘楚，放在今天，这句话我亦深表赞同。

作为都江堰市作协的一分子，说起作协的老师们自然不吝笔墨。或许读者会有疑问，怎么没写马及时、王国平或是其他的老师们？问得好，这正是我惭愧的地方。只因这两位老师名声太响、建树太大，琢磨了几年之久，也不知从何下手！其余和我年纪相仿的田园、罗鸿、飞师、玉霞等老师，则在我的新闻采访中留下了惊鸿一瞥。

鉴于篇幅有限，所以本书只收录了我采访对象的十之三四。如果用一句话来总结我和采访对象之间的关系，那就是：彼此成就。

五

因为热爱记者这个职业，热爱这座城市，才想对这座城市各行各业的人有更多探究。

奋进的灵魂总是相似的，可追梦的过程各有各的精彩，在聆听、采访、书写中，这些点滴犹如一盏盏明灯，长伴我案头。

因为是你，我们成为了亲人。

2018 年 7 月，机缘巧合，我采访了“闲事科科长”许晓荣许大爷，后来，我们成为亲人。在他的八十寿宴上充当主持，平时帮他清理手机垃圾等，几乎每个周末大爷都会打电话来，“女啊，今天回来吃饭不？”

因为是你，我们成为了朋友。

去年夏天，预约了肠镜检查，可医院要求必须要有人陪同。鹏程疼痛医院院长赵丽接到我的电话后，丢下医院一大摊子事陪我候诊。作为一位有爱心的企业人、医者，她的爱不仅播撒在凉山州彝族孩子的心中，助力他们插上求学的翅膀，更是淙淙流淌在都江堰的细流中，润物无声。工匠杨碧茹，身残志坚，不仅改变了自身命运，做起了自家品牌服饰的代言人，成为行走的“时尚达人”，更是将爱浇灌到都江堰困难特殊孩子的心中，有不少孩子因为“杨妈妈”的呵护而积极阳光。茶人王小琴曾经也是异乡人，可她扎根都江堰，凭着一股匠心将都江堰茶品牌推上一个新台阶，她对都江堰茶事业的奉献，将融入茶马古道的迢迢征程中，和着幽幽马铃声一起回响。更有医者黄晓东的夫人小惠姐，曾经在2020年疫情初发时，从医院医务人员弥足珍贵的口罩中给我匀来几只……

还有更多的你们，我的生命才更加丰盈，我的笔下才有了一个个生动鲜活的故事。

积存多了，就有了想要出一本书的冲动，就想把你们的故事分享给更多的人，让这一束束的光，照亮他人前行的路。

这本书中有大咖也有普通人，有坐在设计室里攻克高精尖技术的科技人才，也有在路边讨生活的手艺人；有为他人制作华服的设计师，也有躬耕田间的农民；有奋笔疾书的作家诗人，也有埋首雕刻的工匠……在这本书里，每个人都有姓名，每个人都值得被看见。

一想起你们，眼里就进了“沙子”。

六

正如我的个人简介中说的那样，我来自山野，生长于农村，有颗放纵不羁爱自由的心。工作要求我理性，但生活中时常感性。在我这儿，每个人都是闪亮且珍贵的。

最后结尾又要俗套了，都是肺腑之言。特别感谢为本书作序的马及时老师、文君老师，为本书想标题的王国平老师，感谢都江堰市文物保护和历史文化研究中心文博馆员付三云老师提供篇章页插图，感谢喻总、老侯、仕强、文奇，感谢都江堰市融媒体中心，感谢被我叨扰的同事、朋友。正是因为在大家的帮助下，才有了这本书的面世。毋庸置疑，由于本人才疏学浅，疏漏之处较多，还请诸君多多海涵。

以上率性文字，权作后记。

缪　英

2022年6月7日晚于青城雪

2022年6月13日再修改